Caravane

DE LA MÊME AUTEURE

LA MER À BOIRE, nouvelle, Éditions de la Lune occidentale, 1980.

DANS LE DELTA DE LA NUIT, poésie, Écrits des Forges, 1982.

NAVIRES DE GUERRE, poésie, Écrits des Forges, 1984.

LA CATASTROPHE, poésie, en collaboration avec Louise Desjardins, La Nouvelle Barre du Jour, 1985.

LA VOIX DE CARLA, poésie, VLB Éditeur, 1987.

QUI A PEUR DE?..., nouvelles, en collaboration, VLB Éditeur, 1987.

LA TERRE EST ICI, poésie, VLB Éditeur, 1989.

LE BRUIT DES CHOSES VIVANTES, roman, Leméac, 1991.

ÉLISE TURCOTTE

Caravane

nouvelles

LEMÉAC

L'auteure tient à remercier le Conseil des Arts du Canada et le ministère des Affaires culturelles du Québec pour leur soutien à la rédaction de cet ouvrage.

Leméac Éditeur bénéficie du soutien financier du Conseil des Arts du Canada pour son programme de publication.

ISBN 2-7609-3159-5

© Copyright Ottawa 1994 par Leméac Éditeur Inc.
1124, rue Marie-Anne Est, Montréal, QC H2J 2B7
Dépôt légal — Bibliothèque nationale du Québec, 1er trimestre 1994

Imprimé au Canada

Et il en est de même avec l'amour. Nous devons y croire ou nous sommes perdus. Nous pouvons ne pas l'obtenir, nous pouvons l'obtenir, et découvrir qu'il nous rend malheureux, mais nous devons encore croire en lui. Si nous ne le faisons pas, nous nous livrons alors tout simplement à l'histoire du monde et à la vérité de quelqu'un d'autre.

Julian Barnes

Voici quinze histoires de Marie : quinze chapitres de son abandon, comme elle dit. Et la voici qui est encore cachée derrière une fenêtre. Elle n'a jamais fini de regarder. Même le soir, elle écarte deux lames du store vénitien et regarde à travers la vitre. C'est Marie, et c'est le monde extérieur qui a rendez-vous avec elle...

ABANDON

FRIPERIE

Elle est entrée dans une boutique de linge usagé avec un petit chien qui traînait au bout d'une laisse. Elle portait des lunettes fumées et ses cheveux, je ne les ai pas reconnus tout de suite. On voyait bien qu'elle avait le don des coiffures, même ceux qui ne la connaissaient pas le voyaient. Cette fois, ils étaient longs et sexy, la moitié ramassée par une incroyable barrette sur la tête, l'autre voguant sur ses épaules. On avait tout de suite envie de les toucher.

Le petit chien n'était pas un de ces caniches qu'on imagine à Paris sur les Champs-Élysées. C'était plutôt une espèce de Milou, un animal irrésistible en somme, même pour moi qui déteste les chiens. En le voyant, j'ai trouvé qu'il était bien, justement parce qu'il n'avait pas l'air d'un vrai chien.

C'est donc lui que j'ai aperçu en premier. Elle, à cause des cheveux et tout ça, je ne l'ai pas reconnue tout de suite. J'ai détourné la tête et continué à chercher dans les vêtements. Il y en avait une multitude, tous d'époque différente: c'était un tel fouillis que je commençais à me sentir étourdie. Je n'étais jamais entrée avant dans ce genre de boutique, car je n'aime pas le désordre. Je ne le supporte pas. Physiquement. Mais ce jour-là, en désespoir de cause, j'étais certaine d'y trouver tout ce que je cherchais. Le problème, c'est que je n'ai jamais su ce que je désirais. Je n'ai jamais su comment m'habiller, comment arranger mes cheveux, comment plaire.

La vendeuse s'est approchée et je lui ai dit que j'avais besoin d'aide. Elle m'a regardée comme si j'étais un vieux tas de feuilles mortes. Je ne sais pas pourquoi les vendeuses me regardent toujours comme ça. J'ai eu envie de lui montrer ce que je valais, de lui débiter mon curriculum vitae au complet avec l'état de mes gains en prime, mais bon, j'ai relevé la tête et je l'ai suppliée de me trouver une robe comme si c'était une question de vie ou de mort. C'en était peut-être une après tout.

J'ai dû élever le ton car c'est à ce moment-là qu'elle m'a reconnue. Par la voix. Un bon point pour elle, il faut l'avouer. Elle est sortie de derrière les manteaux de fourrure en criant: «Je savais bien que c'était toi!» Comme si elle avait sentie ma présence. Comme si j'avais toujours été près d'elle! Je suis restée un peu étonnée, puis je lui ai tourné le dos pour qu'elle ne voie pas mon regard suppliant. À cet instant, oui, j'avais vraiment l'air d'un vieux tas de feuilles mortes. La vendeuse s'est alors mise à me chercher une robe, presque frénétiquement, parce que c'est à elle que mon regard s'était finalement adressé. Je suis donc restée toute seule avec elle. Et son chien, naturellement.

Je n'ai jamais beaucoup pleuré, même petite. C'est vrai que mon regard chaque fois que je la rencontre vaut une fontaine de pleurs. Ce regard persiste quand elle me touche l'épaule en disant : « Ta jupe est trop longue ». Parfois, je ne la revois plus pendant des mois et elle m'a simplement laissé ces mots : « Ta jupe est trop longue ». Ou encore : « Tes cheveux sont trop courts ». Ce n'est pas un reproche ; jamais elle n'a fait, jamais elle ne ferait de reproches. C'est une chose qu'elle m'enlève, une poussière qu'elle époussette sur moi. Après, l'air est plus propre autour. Chacune peut poursuivre sa vie, moi avec une jupe trop longue, et elle avec des cheveux légers comme le vent.

J'aurais pu dire l'amour, léger comme l'amour.

Un jour, j'ai demandé à mon père ce que ça voulait dire, amoureux. Il m'a répondu : « deux personnes qui s'aiment ». Ce n'était pas suffisant pour une petite fille de sept ans, deux personnes qui s'aiment. Je voulais savoir de qui, de quoi on pouvait être amoureux et si on était forcé d'être amoureux. C'est alors qu'il m'a serrée dans ses bras et

15

qu'il s'est mis à pleurer. Il pleurait sur sa vie passée avec elle, et il pleurait sur sa vie, sans elle.

Il a bien fallu que je me retourne, que je la regarde en face et que je lui dise quelque chose. J'ai hésité, et finalement j'ai dit : « Ah, je ne t'avais pas reconnue ». Elle a pensé que j'étais surprise, vraiment contente et surprise, mais le vrai mot c'était « sidérée ». J'étais sidérée de la voir là, parce que la seule chose au monde à laquelle je ne m'attends jamais, c'est de la voir, elle, et surtout dans un magasin de vieux linge.

— Marie, ma chérie.

Il fallait encore qu'elle commence sur cette lancée.

En 1970, elle s'est mise à m'appeler « ma chérie ». Elle avait dû entendre ça quelque part ; en tout cas, pour une raison ou pour une autre, l'expression lui convenait. Elle sonnait à la porte, on ouvrait, elle portait une grande robe à fleurs et elle disait : « Où est ma petite chérie ? »

Alors donc : « Marie, ma chérie, est-ce que j'ai tellement vieilli ? »

Elle savait bien qu'elle n'avait pas vieilli d'une once, que depuis longtemps c'est moi qui ai l'air plus vieux qu'elle, mais il fallait qu'elle le dise comme il fallait qu'elle dise « ma chérie ». Cela fait partie de son code ; elle a un protocole d'entrée en matière avec moi et elle n'en démordra jamais.

Après, nous sommes restées plusieurs secondes à nous admirer — je l'admire, elle m'admire, ça fait aussi partie du code — puis elle m'a présentée à son chien : « Regarde, c'est Marie ! » Le chien m'a reniflée et elle lui a donné une petite tape pleine d'adresse pour qu'il s'éloigne et que je voie bien qu'elle n'avait pas oublié. Elle n'oublie jamais ce détail tellement signifiant pour elle — je n'aime pas les chiens — et c'est pour ça qu'elle en a toujours un avec elle.

En 1963, le premier qu'elle a eu s'appelait Rosalie. C'était une fille comme moi. À cette époque, je ne m'appelais pas encore ma chérie, c'était toujours Marie, avec certaines variantes comme Marou, ou, une fois, ma petite Mimi. Elle ouvrait la porte de ma chambre en disant : « Marie, viens m'aider, on va laver Rosalie ! » On emplissait la baignoire de mousse, on frottait Rosalie avec une brosse, puis on la séchait avec une grosse serviette. Ensuite, j'attendais l'instant propice et dès que j'étais seule avec la chienne, j'en profitais pour lui cracher dessus.

Le jour où j'ai été mordue, elle n'a pas pu s'empêcher de rire en répétant : « Pauvre petite, pauvre petite qui a peur des chiens ! » Celui-là s'appelait Elphège, un nom qu'elle avait trouvé dans la rubrique nécrologique. C'était un dimanche et elle m'a plantée là avec ma blessure pour aller à la messe. J'avais surtout eu très peur. Une grande peur noire avec des crocs. Mon père était arrivé, il avait mis un bandage autour de ma main et il m'avait enmenée manger un sunday au caramel. Plus tard, c'est devenu une habitude. Mon père disait : « Viens, on va faire un tour d'auto ». Ce qui voulait dire qu'on allait chez Dairy Queen. Une fois sur deux, en revenant, on la voyait, elle, son petit missel à la main. Elle regardait dans le ciel et elle s'échappait. Elle s'enfuyait.

Le chien s'est aussi éloigné et j'ai dit : « Il a l'air gentil celui-là ». Une phrase de trop. Elle m'a regardée comme si elle venait d'attraper la rage. C'était à cause du protocole : je ne l'avais pas suivi et pendant une seconde elle a perdu une partie de son pouvoir sur moi. Une seconde. Pas plus.

C'est ce moment que la vendeuse a choisi pour me tendre une robe dénichée dans les années quarante. Une robe noire, luisante. Pas du tout le genre que je cherchais. Mais elle, elle n'était pas du même avis. Et c'est ainsi qu'elle a repris son pouvoir sur moi.

J'ai pris la robe.

J'ai été docile encore une fois : j'ai enfilé la robe et je suis sortie de la cabine d'essayage pour me montrer. J'avais l'air d'une sœur défroquée en *basic black*. « Petite noire », comme je l'ai si souvent entendu dire.

Sortir d'une cabine d'essayage devant elle est la pire chose qui puisse m'arriver.

À l'automne 1967, après des mois de silence, elle est venue me chercher pour aller magasiner. Elle a regardé mon père en disant : « On va s'occuper d'elle aujourd'hui ». Son idée était faite. Elle m'a pris la main et m'a fait entrer dans une grande voiture bleu poudre. Mon idée à moi était de ne pas me laisser faire.

C'était un magasin pour enfants où il y avait de tout : sous-vêtements, robes, sacs d'école, bas et plusieurs rangées de pantalons en corduroy. C'est là qu'elle a commencé à fouiller en premier. Chacun de ses gestes montraient qu'elle avait le contrôle sur tout, elle était la reine de cet endroit, elle jouait tous les rôles et me faisait comprendre que je n'aurais pas un mot à dire. À la vendeuse, par contre, elle allait laisser juste assez d'espace de manoeuvre pour pouvoir en devenir la complice. D'ailleurs, elle n'aurait jamais pris ma défense face à une étrangère. Jamais.

Le pantalon qu'elle avait choisi était brun, avec une chemise à carreaux. Je voulais mourir. Mon idée était encore de ne pas me laisser faire, alors j'ai pris un pantalon vert avec un chandail rayé de toutes les couleurs. Elle n'a rien dit. Je n'en revenais pas, elle ne disait rien ! La vendeuse m'a donc conduite à la cabine d'essayage et c'est à partir de là que tout s'est mis à mal tourner.

La vendeuse. Elle n'arrêtait pas d'ouvrir le rideau pour voir si j'avais fini et ça me mettait dans un état de gêne épouvantable. À dix ans, les filles ont beaucoup de pudeur, elle aurait dû le savoir ! L'autre, je l'entendais dire : « Voyons, Marie, on a déjà vu ça ! » Elle riait et j'étais certaine qu'en le disant, elle lui faisait un clin d'œil. En tout cas, elle la laissait faire, elle l'encourageait même parce que c'était sa façon de devenir sa complice pour ensuite la mettre dans sa poche.

J'avais presque réussi à finir de déboutonner ma chemise quand elle a décidé d'ouvrir le rideau complètement. Ce qu'elle a fait à ce moment-là n'est presque pas imaginable. Elle a poussé un cri d'horreur en me voyant : « Quoi, tu portes encore ça ! » Elle parlait de la petite camisole blanche que je portais, comme tous les enfants, sous ma chemise. Elle l'a crié assez fort pour que tout le monde entende, tous les autres clients avec leurs enfants se sont retournés, la vendeuse a accouru et d'un commun accord elles ont décidé de ce qu'il me fallait.

Je ne pouvais pas en croire mes yeux quand elles m'ont tendu le soutien-gorge. J'étais dans le coma tellement j'avais honte. À dix ans ! J'ai essayé de dire non, j'ai vraiment essayé, mais ça n'a servi à rien. Il a fallu que je le mette, que je le montre à la vendeuse qui m'examinait en hochant la tête, que j'en mette un autre qui, celui-là, semble-t-il, m'allait parfaitement. Ce n'était pas vrai, bien sûr. Et je savais bien qu'arrivée à la maison je le jetterais à la poubelle. Mais le mal était fait. J'avais honte et grâce à cette honte, elle a pu, sans aucun effort, me faire accepter ce qu'elle avait choisi pour moi depuis le début : un pantalon brun, avec une chemise à carreaux.

Cette fois devant le miroir, avec son regard par-dessus mon épaule, pendant une seconde j'ai été prête à tout acheter, tout, pour sortir de là.

La vendeuse, qui s'appelait Corinne, on venait de l'apprendre, a insisté : « C'est une très belle robe, vous savez. » Elle s'adressait à moi. Elle me disait vous, mais j'entendais tu dans sa voix. Le genre qu'on emploie pour parler aux vieillards dans les hôpitaux. Le même tu qu'elle emploierait pour parler aux enfants.

— J'en avais une pareille quand j'étais jeune.

Elle, c'est tout ce qu'elle a trouvé à dire tellement la robe m'allait mal.

Je me suis à nouveau regardée dans le miroir, j'ai vu sa main tenter de remonter la robe pour qu'elle me fasse un peu mieux et j'ai répondu : « Mais moi je ne suis pas jeune. Je n'ai jamais été jeune. »

Elle a ri. Ça devait être une farce et elle a ri. Corinne aussi. Et je suis retournée dans la cabine pour me changer. J'étais presque contente, soulagée, parce que pour une fois elle n'avait pas osé mentir. Quand je suis ressortie, Corinne et elle étaient des amies. Elles étaient penchées toutes les deux sur le petit chien et elles le caressaient. On aurait même dit qu'elles le consolaient.

21

J'étais assise dans l'escalier devant la maison quand elle est partie pour de bon. Elle avait déjà sa voiture bleu poudre et une amie l'aidait avec les bagages. Il y en avait beaucoup et cette amie avait des bras durs et bronzés comme de l'or. J'avais les yeux rivés sur ses muscles ; chaque fois qu'elle prenait une valise, ses muscles bougeaient, se tendaient.

Cette amie, je ne l'avais encore jamais vue. Parfois, elle me jetait un regard de pitié, puis le retirait aussitôt.

Mon père ne faisait qu'entrer et sortir de la maison. S'il s'arrêtait, c'était pour caresser mes cheveux. Voyant cela, elle me disait : « Ne reste pas là, aide-nous plutôt. » C'est à ce moment-là que l'amie me jetait son regard de pitié.

Je n'ai pas levé le petit doigt. Elle est partie sans mon aide, et sans l'aide de mon père. Nous ne lui avons pas dit bonjour. Elle n'était pas quelqu'un à qui on a envie de dire bonjour, seulement une femme à qui on veut donner des regrets. C'est son amie qui a fait le signal du départ. La voiture bleu poudre a tourné le coin de la rue et nous sommes retournés dans la maison. C'était en 1965, j'avais huit ans. Mon père a allumé la télévision parce que c'était l'heure des émissions pour enfants. Il s'est assis dans la cuisine, et j'ai regardé *La Boîte à surprises*. Au fond de ma tête, derrière les images qui me parvenaient de la télévision, j'imaginais l'accident de la voiture bleu poudre. Sa mort à elle, l'amie toute pâle respirant à ses côtés. Pour ça, je ne lui dirai jamais pardon.

Corinne :
— Voudrais-tu essayer autre chose ?
Elle pouvait me tutoyer, maintenant qu'elle était l'amie de ma mère.
Elle :
— Bon, il va falloir que j'y aille.

Ma mère avait toujours rendez-vous quelque part. Une fois, elle a même eu rendez-vous avec la directrice d'un pensionnat. J'ai entendu mon père crier au téléphone. Il savait qu'elle n'avait plus aucun droit sur moi. Mais il criait quand même. Ensuite, assis sur le tapis du salon, nous avons tous les deux failli mourir de rire.

La seule fois où j'ai eu rendez-vous avec elle, moi, c'était à l'entrée d'un musée. Nous avons visité l'exposition. Elle voulait tout apprendre sur le peintre. C'était interminable. Après, elle m'a tendu la main avec un doux sourire. C'était le printemps. Son sourire venait du printemps. Puis il y est retourné pour des mois.

Je n'ai pas été choisie par elle. C'est ce que j'ai toujours pensé enfant et c'est ce que j'ai pensé en sortant de la friperie avec elle. J'ai longtemps attendu d'être choisie, par elle, puis par un homme. J'aurais pu être l'esclave de quelqu'un. Mais je ne l'ai pas été.

Je suis sortie de la friperie, en même temps qu'elle, et en même temps que son petit chien qui nous suivait comme un petit chien.

Là où on était d'accord, c'est qu'il fallait à certains moments précis en dire le moins possible. C'est pourquoi j'ai eu envie de pousser le petit chien dans la rue pour qu'il se fasse tuer, c'est pourquoi je ne l'ai pas fait, et c'est pourquoi elle m'a dit au revoir en me tendant sa carte de visite.

Je l'ai regardée s'éloigner, rien qu'un peu, et je suis entrée dans une cabine téléphonique pour appeler mon père.

Chez lui, dans la cuisine, nous avons bu quelques bières en examinant la carte. Elle était blanche avec des lettres bleues. Elle semblait incarner une nouvelle idée de la propreté.

Puis mon père est allé chercher la vieille boîte à biscuits et nous avons ajouté la carte aux autres objets.

C'est ainsi que nous transformons ma mère en souvenir.

Nous l'avons simplifiée.

UNE TACHE

Je savais que j'avais souvent pris des bruits pour d'autres bruits. Par exemple une respiration à côté de moi dans le lit, que je prenais pour un incendie lointain. Je savais à présent me surveiller.

Sam Shepard

J'ai rangé la vaisselle, essuyé le plancher, changé l'eau des fleurs. Je tiens toujours beaucoup aux fleurs. Je leur ai parlé. J'ai parlé aussi, d'une voix dure, à la poussière. J'ai pris mon bain et ensuite je me suis enduit le corps de lotion Paris d'Yves Saint-Laurent. Je l'ai fait pour moi. Pourquoi je ne le ferais pas pour moi? J'ai fredonné «Je suis un cowboy à Paris». J'avais oublié l'air. Je l'ai fredonné sur un air inventé. J'ai pris le téléphone, j'ai appelé une amie. Premier appel de la journée. La voisine d'en face aussi parlait au téléphone. Elle marchait dans le salon en compagnie du téléphone sans fil. Je la

25

voyais par la fenêtre. Moi, j'étais prise dans la cuisine. Je n'ai pas de téléphone sans fil. J'ai raccroché en riant et j'ai appelé une autre amie. Elle reniflait. Sa voix était différente, mais elle ne me disait pas ce qu'il y avait. J'ai raccroché. Puis, je l'ai appelée à nouveau. Avec elle, il faut toujours s'y reprendre à deux fois. Cette fois, elle pleurait pour de bon. Son chat était mort. Elle n'aime pas la mort. Et puis son ami était encore parti. Une chicane, une grosse, et il était parti. Elle avait honte. J'ai trouvé ça déplacé, mais elle avait honte. J'ai fini par la faire rire, parce que je suis drôle, et j'ai raccroché. Mon ami à moi est entré dans la maison. Il s'est assis dans le salon. Je suis passée devant lui et il m'a fait un clin d'œil. Mon ami. J'ai pensé qu'il n'y a qu'ici qu'on emploie cette expression. Mon ami. J'ai trouvé que c'était un euphémisme dégoûtant. Déplacé. J'ai trouvé ça très petit. Signe de maladie. Signe de rien. J'ai pris la pile de journaux et je l'ai rangée dans le panier. J'ai dit salut. J'ai fait un clin d'œil à *mon ami*. Je savais que j'avais souvent pris des bruits pour d'autres bruits. J'ai dit quoi? Mais il n'avait rien dit. Je me suis retournée, j'ai grimacé, puis je suis revenue vers lui. Là aussi il fallait que je m'y reprenne à deux fois. J'ai dit bon, ce soir je sors avec mon amie. Laquelle? Celle qui a perdu son chat. Perdu: un autre euphémisme. Je suis allée à la cuisine préparer le souper des enfants. Marielle est arrivée déguisée en première communiante. C'était le costume de la petite voisine d'à côté. La robe était longue et blanche. J'ai trouvé qu'elle avait l'air d'un ange. La

26

petite voisine aussi. J'ai mis le poulet au four et j'ai demandé à *mon ami* d'aller chercher Simon à la garderie. Il a regardé l'heure. Il s'est levé pour y aller. Il a dit oui. J'ai souri jusqu'au plafond parce que j'ai toujours aimé entendre oui. Mon ami m'a souri parce qu'il aime toujours me voir sourire. Quand ils sont revenus, tout était parfait, ils se tenaient par la main. Tout était parfait. J'ai relu ma recette pour voir si je n'avais pas oublié un ingrédient. Ça m'arrive souvent. Ensuite, je me suis changée devant la fenêtre en me demandant si la voisine d'en face pouvait me voir. Sur le coup, j'ai trouvé ça primordial de le savoir. Après, ça s'est estompé. Parce que j'avais hâte. Je ne sais pas pourquoi, mais j'ai toujours hâte. J'ai hâte. J'ai demandé à mon ami si mon chandail était correct. Il n'y a que moi pour demander si un chandail est correct. Je voulais dire beau. Je voulais dire extraordinaire. En tout cas, il a dit oui. Il coupait les légumes. Il allait vite comme dans un restaurant japonais. Pendant une seconde, j'ai eu peur qu'il ne se coupe les doigts. Mais ça s'est estompé. Tout s'estompe toujours avec moi. Parce que j'ai hâte. J'ai trop hâte. J'ai pris quelques carottes et je les ai mangées. J'adore les carottes crues. Puis il a fallu que je cherche partout le dinosaure de Simon. Quand je l'ai trouvé, j'ai eu l'impression d'avoir fait quelque chose de vraiment difficile. Cette impression était déjà présente avant, et elle s'est amplifiée juste au moment où j'ai tendu le dinosaure à Simon. Ensuite, elle s'est estompée. Quelque chose sentait vraiment la pourriture dans le frigidaire. Très difficile ça aussi. J'ai trouvé un vieux brocoli cuit et je l'ai jeté. Je ne me suis pas salie. J'ai dit bonsoir tout le monde et je suis allée rejoindre mon amie au restaurant. En fait, je suis arrivée la première. J'arrive toujours la première. Sauf s'il y a un suicide dans le métro. Sauf si j'oublie de sortir à la bonne station. Ce qui m'arrive quand même assez souvent. C'est justement pour ça que j'arrive toujours en avance. Au cas où. J'arrive la première et je me commande un Campari soda. Ou alors je repousse le serveur en disant: «J'attends une copine.» Une copine: dégoûtant! Enfin, cette fois-là, j'ai commandé un porto. Pourquoi pas? En arrivant, *ma copine* a dit: «Jean est disparu.» Euphémisme. Celui dont elle parlait venait de mourir d'une crise cardiaque à trente ans. On l'a retrouvé des jours après, recroquevillé dans son vieux fauteuil de corduroy brun. Il faut être seul. Il faut avoir été si seul. J'ai pris le bras de *ma copine* et j'ai fait comme si tout avait un sens. J'ai pris son bras, j'ai caressé ses cheveux. Mais pas trop. Enfin, pas tellement. On a mangé des spaghettis aux fruits de mer et on a bu du vin rouge. Ma copine parlait toujours de plusieurs choses à la fois. Quand elle a parlé de sa grand-mère, je me suis subitement réveillée. Elle a dit: «Elle m'a laissé ses lunettes et la clé de son cercueil.» Je ne savais pas que les cercueils fermaient à clé. Je ne savais pas ça. Sur le coup, ça m'a paru crucial de le savoir. C'était vraiment la seule chose importante à connaître. La vie, la mort, l'horoscope, l'horaire-télé... pour moi, rien ne pouvait en dire plus que cette clé. Je lui ai demandé comment elle était. Elle a dit quoi? La clé. Quelle clé? Là, j'ai commencé à m'énerver. J'ai fait un geste brusque en répondant et j'ai renversé mon verre de vin. Je renverse toujours mon verre de vin. Parce que les choses s'estompent trop vite? Parce que j'ai trop hâte? Enfin, je l'ai renversé et le garçon est arrivé en courant pour changer la nappe. Il a aussi donné quelques conseils à propos de mon chandail. J'ai vidé la salière sur la tache et j'ai continué à questionner ma copine. Elle n'avait plus envie d'en parler. Le garçon me souriait tout le temps. Moi, je pensais sérieusement ne plus pouvoir continuer à vivre sans voir à quoi ressemblait cette clé. Puis ça s'est estompé. Nous nous sommes mises à parler de tout et de rien, et je n'y ai plus pensé. Nous avons payé et le garçon est venu pour me dire quelque chose que je n'ai pas compris. Ça finissait par madame. Je déteste me faire appeler madame. Quand j'ai entendu ce mot, tout le reste de la phrase s'est effacé. Je lui ai quand même souri parce que ça devait sûrement être gentil et parce que ma copine aussi souriait. En rentrant à la maison, j'étais très très fatiguée. J'avais encore l'impression d'avoir accompli un devoir extrêmement difficile. Mais je ne savais pas quoi. Le lendemain matin, j'ai aperçu mon chandail qui traînait sur la chaise. J'ai vu la tache. Je savais maintenant qu'elle ne partirait jamais. Je pouvais facilement prononcer ce mot, jamais. La tache ne partirait jamais. Alors je me suis mise à pleurer. J'ai pleuré comme si quelque chose était vraiment arrivé. Et c'était exact, j'ai pleuré fort, longtemps, parce que quelque chose était vraiment arrivé.

CARAVANE

Il y avait une Marie, puis, un jour, grâce à une toute petite dose d'activités insensées, il y en a eu une deuxième, enfin prête à tout abandonner.

La première personne qui m'a fait chavirer, c'est une vieille femme que j'ai aperçue dans le métro. C'était en revenant de travailler ; quand je l'ai vue, elle se tenait debout devant l'escalier roulant : elle était incapable de se décider, incapable d'y aller. Cette vision m'a planté un couteau dans le cœur. Ce soir-là, je me suis couchée dans un pyjama trop grand, j'ai dormi avec le couteau dans le cœur et ensuite, le matin, la vie s'est enroulée comme une corde autour de mes chevilles et j'ai trébuché.

* * *

Il a fallu longtemps avant que je puisse me relever, mettre un pied devant l'autre et descendre l'escalier. Lentement. Assez lentement pour voir apparaître mon ombre sur le mur : une silhouette debout avec une tête un peu penchée, des bras, des jambes. Peut-être est-ce seulement là que tout a commencé... Tout, cela veut aussi bien dire : rien. Le rien avait-il vraiment, enfin, commencé à se produire ? J'ai regardé mon ombre et le rien s'est révélé, comme une nuée d'insectes quittant le corps de la fille sur le mur.

Je n'ai pas pu supporter mon ombre, ni la rue qui s'éveillait devant la fenêtre comme tous les matins.

Je me suis habillée, très légèrement, j'ai vu mon patron hocher la tête une dernière fois en m'examinant, son regard descendant avec une précision d'enfer jusqu'à mes souliers. J'ai souri. Ensuite, j'ai vu le nombre de mes années s'envoler avec tous mes souvenirs dedans ; j'ai vu mes souvenirs se débattre sans moi et j'ai su que cette journée serait maintenant une partie de la caravane se dirigeant vers le sud. Ma journée serait perdue ; elle serait une partie de la caravane perdue et moi, l'écuyère seule au milieu de la poussière qui s'envole.

* * *

Je n'ai pas su quoi faire au début. J'étais tout près d'un hôtel vacant dans un pays étranger, mais il n'y avait aucun panneau m'indiquant la route à suivre pour le rejoindre. Je suis sortie de la maison, je me suis rendue au métro le plus proche comme tous les matins.

Il n'était que huit heures trente mais déjà la foule s'entassait à l'entrée. J'ai pris la direction habituelle et, bien sûr, une fois devant l'escalier roulant, je me suis retrouvée comme cette femme qui n'arrivait pas à mettre le pas sur la première marche. Les gens me contournaient en maugréant, j'étais le premier obstacle, ou peut-être le deuxième, ou peut-être que toute la nuit avait été une série d'obstacles au déroulement de leur journée. Pour moi, toutes les épreuves passées et futures s'empilaient sur cette première marche.

Finalement, le musicien est arrivé, il a déballé son saxophone, il m'a aperçue et il est venu m'aider.

* * *

Dans le wagon, il y avait une fille assise à côté de moi qui lisait un livre dont je ne pouvais pas voir le titre. Mais je pouvais très bien lire le titre du chapitre dans lequel elle était plongée : LES CHOSES QUE JE NE SUIS PAS CAPABLE DE DIRE. La fille semblait tellement concentrée. Protégée. On lui expliquait probablement comment parler, à son mari, à sa mère, à son père, peut-être même à son petit garçon de sept ans ; on lui offrait des formules pour ce qu'il y avait à l'intérieur de son âme. C'était une religion : en rentrant à la maison, la religion l'aiderait, elle répéterait les phrases à voix basse, elle ne serait pas battue, ni perdue.

Parfois, la fille relevait la tête et regardait le couple assis en face de nous. Deux très jeunes enfants les accompagnaient. Ils n'étaient pas beaux, ils riaient et avaient l'air très heureux. Quand je dis qu'ils n'étaient pas beaux, je pense surtout à la femme. C'est une pensée stupide, mais je pensais : pas besoin d'être Isabella Rossellini pour être heureuse. À ce moment précis, je pensais surtout à toutes ces taches brunes que j'avais sur la peau. Et à cette nouvelle cicatrice juste au coin de la lèvre. Cela s'était sûrement passé la nuit. Quelqu'un m'avait sûrement mordu trop fort. Je pensais à la peau lisse et blanche d'Isabella Rossellini.

* * *

À la station suivante, le couple est sorti avec les deux enfants. La plus petite s'est mise à rire en regardant la grande affiche sur le mur : une photo de singes avec des chapeaux. La femme a regardé son homme en souriant. La vie était belle. Sauf pour la fille à côté de moi.

Le nouveau chapitre s'intitulait : COMMENT SE FAIRE ENTENDRE. On voyait la caricature d'une femme assise à son bureau, devant un ordinateur. Cela voulait probablement prouver que nos problèmes étaient modernes. Très modernes. La fille lisait en se passant constamment la main sur la bouche. Très bizarre. Elle avait une maille dans son bas qui courait tout le long de sa jambe. Cela l'empêchait très certainement de penser à l'amour, d'entrevoir un homme basculant avec elle dans ses bras sur le plancher. Les mots d'amour et de passion s'arrêtaient à la racine de cette maille. On les voyait presque. Ils tombaient comme des petites figurines sur de la ouate blanche dans une vitrine.

Ses cheveux sentait un shampooing de marque très connue. Elle ressemblait à l'annonce de ce shampooing : rideau de cheveux brillants étendus sur le dos. À un certain moment, elle s'est tournée vers moi et m'a regardée droit dans les yeux, mais ses cheveux n'ont pas bougé, ils sont restés là, bien étalés sur son dos. J'étais sûre qu'elle passait son temps à les laver : elle les lavait pour aller à une réunion de parents à l'école, pour aller chez le dentiste, avant d'aller travailler ; elle se relevait devant le miroir, en soutien-gorge, un turban de serviette sur la tête, et c'est ainsi qu'elle se sentait le plus prête.

Elle est retournée à son livre.

Je ne pouvais plus me détacher d'elle.

* * *

Nous venions ainsi de dépasser la station où je descends habituellement. La fille était toujours à côté de moi et ma décision s'était éclaircie grâce à elle : je ne retournerai plus au bureau. Je ne suivrai plus les traces de la personne que j'avais été jusqu'ici.

Devant nous, il y avait maintenant un homme qui m'a rappelé soudain quelqu'un à qui je n'avais pas pensé depuis mon enfance. Je le voyais souvent dans la rue où nous faisions des courses avec ma mère. Il attendait l'autobus. Il sortait de la banque. Ou il mangeait son lunch assis sur un banc en face du parc. Il avait ceci de particulier : sa tête était toujours penchée. Il avait les cheveux tout blancs et souriait. C'est ce qui me faisait de la peine à moi : son sourire. Je ne sais pas pourquoi, ce sourire dans cette tête penchée faisait couler les larmes sur mes joues.

Maintenant, cet homme en face de moi me ramenait presque trente ans en arrière. J'étais assise dans le métro, je tentais de me propulser dans un avenir impossible, et cet homme me ramenait aux détails, au monde qui, petite, me remplissait de tristesse.

La fille m'a regardée d'un air complice en faisant un signe qui voulait dire que cet homme était un peu dérangé. C'était vrai, il n'avait pas l'air tout à fait là. Il souriait. Mais pas comme l'homme de mon enfance. Son sourire à lui ne semblait reposer sur rien. Sur aucune dimension, aucune profondeur, aucun corps. C'était un sourire dans l'air, fixé là pour l'éternité.

L'homme a sorti de sa poche une petite tablette de feuilles de toutes les couleurs et un stylo, puis il s'est mis à tourner les pages à toute vitesse. Je n'avais pas le temps de voir ce qui était écrit. Ensuite, il a tourné une page blanche et a commencé à dessiner en me regardant. Il faisait mon portrait. Je lui ai souri, mais il n'a pas eu l'air de me voir. Et un peu plus tard, il a changé de modèle. Puis encore, et encore.

Ce n'est qu'au bout de deux ou trois stations que je me suis rendu compte de son manège : il commençait à dessiner un visage puis il traçait des lignes dans tous les sens sur la page. C'était le portrait des gens qu'il regardait. C'est ainsi qu'il se voyait. Et il souriait.

L'homme a fini par sortir et je suis restée avec la fille qui en était encore au même chapitre : COMMENT SE FAIRE ENTENDRE. Elle soupirait comme si l'univers entier était ligué contre elle pour l'empêcher de lire ou même de vivre, pourquoi pas. C'est à ce moment-là que l'autre femme est entrée dans le wagon.

* * *

Elle s'est assise à la place de l'homme aux portraits et a commencé elle aussi un manège insensé. Au début, je sentais qu'elle allait faire un geste, qu'elle se retenait parce qu'une fois le geste amorcé, il serait trop tard. Puis elle l'a fait.

Elle s'est mise à regarder dans ses sacs, un à un, pour voir si la marchandise était bonne. Au dernier sac, elle a recommencé, cette fois, avec des gestes de plus en plus nerveux, fébriles, en rouspétant. Elle avait l'air en colère. Ensuite, elle a sorti d'un des sacs une grande robe de chambre blanche et elle s'est mise à en vérifier les coutures. Elle l'a ensuite repliée et rangée dans son sac, puis elle a regardé autour d'elle et s'est décidée à ressortir la robe de chambre pour encore l'étaler sur elle et en vérifier une seconde fois la confection. Elle a fini par s'apercevoir qu'elle était assez coincée sur le banc de métro et qu'elle importunait beaucoup de personnes. Elle avait un peu honte. Et peur. Elle avait peur de ce qui venait de se produire. Des larmes ont commencé à couler sur ses joues. Elle nous a fixées, la fille et moi, elle voulait s'adresser à nous, mais rien, rien ne sortait.

Je ne savais plus quoi dire. Sa peur était si vraie et en même temps si irréelle. Ses sacs étaient remplis d'objets dont elle n'avait pas besoin, qui l'appelaient pour lui dire que sa folie revenait ; elle vérifiait si tout était intact, à l'affût du moindre petit défaut de fabrication, mais elle n'était jamais sûre de rien.

Heureusement pour moi, elle est sortie très vite du wagon. Elle a ramassé tous ses sacs, la porte s'est ouverte, et elle est sortie. Sur le quai, je l'ai vue déposer ses sacs par terre, se frotter les bras comme si elle avait mal, regarder autour d'elle, dans tous les sens, puis, plus rien. La caravane a continué d'avancer sans elle.

* * *

À chaque station, parmi les gens qui entraient, il y avait au moins une personne qui était quelqu'un d'autre : Madonna, Prince et même, encore, Jim Morrison. J'en étais à me demander qui étaient les plus fêlés, la femme au sac, l'homme aux portraits ou les Jim Morrison.

Dans le bureau où je travaillais, il y avait beaucoup de Lady Diana. Des Lady Diana poussaient des chariots remplis de papiers, entraient dans la cuisine pour dîner, me souriaient, parlaient, mangeaient puis retournaient travailler. Je ne les reverrais plus. J'avais cette seule conviction : plus de Lady Diana autour de moi.

Une autre bande de gens est entrée et mon regard s'est posé sur un jeune homme qui ressemblait à Sam Shepard, jeune. Quand je dis jeune, je veux simplement dire, plus jeune que moi, c'était un détail important car je n'arrivais pas à oublier les taches brunes sur ma peau et la cicatrice sur le coin de ma lèvre. La fille au livre s'est levée, c'était à son tour de me quitter et, tout naturellement, le jeune homme s'est assis près de moi.

C'est à ce moment-là que les choses ont vraiment commencé à se transformer autour de moi. Les choses, et aussi les personnes. Plus rien n'était étranger. Je sentais un surplus d'énergie s'évader de mon corps. Je sentais ce souffle remonter en moi puis s'évader pendant que la vie entrait. J'étais tous ces gens, l'homme aux portraits, un portrait, la fille concentrée... Je fermais les yeux et je voyais la porte d'une roulotte s'ouvrir, un jet de lumière orange, une jeune fille dans son costume de scène. Elle entrait dans une immense cage et attendait les lions. Ils venaient. Alors, elle était plus proche du royaume animal que de n'importe qui. Tout le reste pouvait disparaître autour d'elle.

C'est exactement ce qui m'arrivait. J'étais en train de dompter des lions invisibles. Dompter n'est pas le mot juste, car ce que je ressentais n'avait rien à voir avec l'obéissance. Je désobéissais à ma loi, qui en aucune façon ne me prescrivait de dompter des lions, comme les lions, eux, désobéissaient à la leur.

C'était à moi maintenant de sourire.

* * *

Sam Shepard était encore assis à mes côtés. Il devait ressentir un peu de ce que j'avais accueilli en moi car il s'est tourné pour me regarder et me demander pourquoi je souriais ainsi. J'ai réfléchi. Ensuite, j'ai fait un geste de la main qui voulait dire d'oublier ça et nous avons éclaté de rire tous les deux. Il était environ dix heures du matin.

Un peu plus tard, quand il s'est levé pour sortir, je l'ai suivi. Et quand il a vu que je le suivais, il m'a invitée à prendre un café. Ce que je déteste le plus, *prendre un café*. Mais j'ai dit oui.

Nous en avons bu plusieurs et vers midi, nous y avons ajouté du cognac. Bien sûr que le cœur me débattait ! Nous ne parlions pas beaucoup et je continuais à penser à la dompteuse de lions et à tous ces personnages de cirque que j'avais rencontrés depuis le matin. La caravane avançait. Ma roulotte continuait de se perdre.

C'était l'heure du dîner et bientôt, une foule de gens a envahi le restaurant. Nous avons payé et nous sommes sortis. Un couple parmi d'autres couples.

Dans la rue, nous marchions lentement en nous arrêtant devant toutes les vitrines. Sam Shepard regardait parfois sa montre. Il voulait m'embrasser, alors il regardait sa montre. Il ne comprenait rien à l'amour. Il commençait déjà à quitter son désir pour un autre.

À deux heures de l'après-midi, nous étions assis sur un banc de parc. C'est là que Sam Shepard a décidé de mettre fin à notre idylle. Il s'est levé : moi aussi. J'ai mis ma tête sur son épaule. Alors, il m'a serrée dans ses bras, il m'a entourée de partout, en silence, puis il est parti pour de bon. C'était le genre d'homme à amorcer un geste puis à le reprendre et le fourrer dans sa poche.

* * *

Je me suis rassise, j'ai baissé la tête, et quand je l'ai relevée, j'étais revenue sur terre, enfin sur ma terre d'aujourd'hui.

J'ai regardé ma montre : il était plus de cinq heures.

* * *

Je descendais maintenant vers le sud. Je repensais à Sam Shepard comme à un homme seul dans une église.

Je marchais depuis assez longtemps quand j'ai entendu la musique de U2 sortir de la fenêtre d'un bar. C'est un groupe que j'adore et chaque fois que je l'entends, il faut que je m'arrête pour l'écouter. Je me suis approchée. Cette fois, cela ressemblait à un signe, la chanson me faisait signe d'entrer, la porte du bar était grande ouverte et c'est ainsi que je suis allée m'asseoir dans le fond le plus noir de la salle.

La chanson m'avait rendue fébrile, comme la femme aux sacs. Elle m'avait rapprochée de ce que je cherchais et m'invitait maintenant à m'en éloigner. La voix du chanteur résonnait dans ma tête.

Puis j'ai aperçu un grand perroquet blanc sur son perchoir devant la fenêtre. Son petit œil regardait tout intensément tandis qu'il parlait à un couple de gens très âgés. Le couple l'appelait par son nom : Johny. La femme était, comme le perroquet, toute vêtue de blanc ; même ses bottes de cow-boy étaient blanches. Elle avait les cheveux très courts et l'homme, lui, avait une grande tresse blanche dans le dos. Il y avait un peu de haine dans leur façon de dire Johny mais ils l'aimaient le perroquet, on le voyait dans leurs gestes.

La vue de ce couple m'a tout de suite replongée dans une zone d'incertitude. Je me suis mise à boire, sérieusement, et à me poser des questions. Qui étaient tous ces gens que je rencontrais depuis le début de ma journée? Allais-je vraiment tout quitter et m'engager moi aussi dans ce cirque?

Je pensais à une femme qui errait dans les rues et je n'étais pas cette femme. Je n'étais pas non plus la femme qui travaillait dans un bureau, qui rentrait chez elle le soir et qui entendait le bruit d'une porte qui se ferme et qui s'ouvre. J'étais une femme prise en dehors d'elle-même et le bar dans lequel je me trouvais était sombre, sauf la tache blanche que faisaient un perroquet et un vieux couple d'ivrognes.

Je me suis levée pour aller à la salle de bain et me laver le visage. De loin, j'entendais la caisse enregistreuse et le perroquet. C'était comme un rêve. J'avais vraiment le sentiment d'avoir oublié quelque chose, mais je ne savais pas quoi. Je n'ai jamais su si c'était important.

Quand je suis revenue à ma table, le disk-jockey avait remis la chanson du début. Le vieux couple et le perroquet ne me quittaient pas des yeux. Dans la vitre, derrière eux, le nom du bar clignotait. C'était maintenant la nuit.

43

Le vieux est venu à ma table pour se faire offrir un verre. Il semblait croire que je le lui devais. Il a pris une chaise d'un geste autoritaire et s'est assis avec moi pendant que sa femme flattait la tête du perroquet sans me perdre de vue.

J'avais placé mes mains entre mes cuisses croisées, et je ne faisais pas vraiment attention à lui. Le vieux a baissé la tête. Il comprenait, il voyait ce qu'il voulait. Il parlait de sa femme et l'appelait mon épouse. Le perroquet était leur fils et le bar leur appartenait d'une certaine façon. Ils le meublaient : c'était un engagement terrible de meubler un tel endroit. Il n'arrêtait pas de répéter qu'il était un homme normal. Son regard ne quittait pas mes cuisses et il était un homme normal. J'ai dit : « Votre épouse est jalouse », et il m'a répondu qu'il était un homme normal.

Le vieux parlait d'épreuves et de quelqu'un qui s'apprête à mourir. Je lui devais encore quelque chose. Tout le monde lui devait une partie de sa vie. Plus il buvait, plus la dette était grande.

La femme avait fermé les yeux et ne voulait plus les ouvrir. Elle avait cessé de caresser la tête du perroquet. Elle écoutait, mais ne voulait pas voir ce que son mari disait. Elle ne voulait pas le voir divulguer leur secret.

C'est alors qu'un accident invraisemblable s'est produit. Le vieux s'est arrêté subitement de parler, il a croisé ses deux mains sur sa poitrine en poussant comme pour empêcher son cœur de sortir et il est tombé de sa chaise.

J'ai essayé de le réanimer mais l'ambulance est arrivée, puis est repartie sans que j'aie su si l'homme était hors de danger.

Invraisemblable. Parce qu'au bout du compte, c'est à moi que tout cela arrivait. Et maintenant, je ne savais plus où me rendre, où conduire la caravane.

* * *

Je ne saurai jamais si j'ai sauvé quelqu'un de la mort. Cette nuit-là, je n'ai pas pu rentrer chez moi. J'ai continué à flâner, à n'être rien de précis, m'attendant vaguement à rencontrer Sam Shepard ou un autre homme, ou une femme, sur le point de mourir. Finalement, j'ai attendu que le métro ouvre ses portes et j'ai refait tout le chemin de la veille en sens inverse.

Je suis arrivée chez moi, j'ai ouvert la porte et je suis entrée. Je souriais. En montant l'escalier, j'ai regardé sur le mur et je n'ai rien vu. J'avais peut-être enfin réussi à me perdre. J'ai dormi toute la journée. Et la nuit. Et une autre journée. Puis j'ai encore vu la porte de la roulotte s'ouvrir et une jeune fille en sortir. Cette fois, c'était moi. J'ai vu un immense terrain vague et j'ai pensé au reste de mon existence comme à une orgie de silence. J'ai souri.

CONVERSATION

« Je ne trouve pas ça important. » Voilà ce que je lui ai dit avant de claquer la porte.

Quelques minutes plus tôt, il avait encore commencé une agréable conversation. Il avait enfilé ses bas, son pantalon, il avait ajusté sa cravate.

C'est un homme qui parle. Il a des opinions sur la vie. Il commente les nouvelles entendues à la radio.

J'aurais pu défaire sa cravate, détacher sa ceinture et sauter sur lui pour le violer. J'aurais pu lécher son ventre, descendre plus bas puis remonter et mettre ma langue dans sa bouche pour qu'il se taise. Mais j'ai serré un oreiller dans mes bras en disant « s'il vous plaît, pas ce matin ». « Pourquoi ? » « Parce que je ne trouve pas ça important. »

Il a quand même continué.

J'ai fait un premier effort pour le regarder, un deuxième pour me lever et un troisième pour essayer de me concentrer sur la voix qui lisait les nouvelles à la radio. Rien à faire. Je n'y arrive pas. J'ai pensé à ce que les sœurs disaient de moi à l'école : dissipée. Elles prononçaient ce mot en ne laissant qu'une très petite ouverture entre leurs lèvres. J'ai pensé très fort au sens de ce mot comme s'il s'agissait d'une sorte de tache dans mon cerveau. Puis je suis retournée dans la chambre et j'ai sorti la valise de la garde-robe.

J'étais revenue à la case départ.

La première fois que nous nous sommes rencontrés, il était beau et inconnu, et je sentais qu'il allait tôt ou tard embrasser mes cheveux. Il avait attendu le plus longtemps possible. Notre relation était une relation de travail, alors il avait sorti sa liste de choses à faire, de clients à voir, une liste qui était longue et qu'il étalait devant moi. Je l'avais tout de suite averti que je ne trouvais pas ça important, pire, que je n'avais jamais réussi à trouver aucun homme important.

C'est une sorte de handicap chez moi : un effet secondaire de la tache dans mon cerveau. Quand un homme me parle, je l'écoute, parfois je participe à la conversation, je m'interromps pour grignoter une olive puis jeter le noyau dans le cendrier, je hoche la tête, je réponds à une question s'il y en a une, mais au bout du compte, j'attends la suite, qui devrait être un moment sérieux, enflammé comme un feu de forêt quelque part en Colombie-Britannique.

C'était le début de notre histoire, le tout début, et il avait très bien compris. Il croyait qu'il avait très bien compris. Et j'avais décidé de faire semblant de le croire aussi. Il avait alors embrassé ma bouche, puis mes cheveux; dans la rue, il avait prononcé mon prénom d'une façon définitive. Et ensuite, dans la voiture, il avait défait la plupart de mes vêtements sous mon manteau. Il n'avait plus parlé.

J'aurais dû en rester là. J'aurais dû l'aimer une fois, juste une fois; pénétrer son vertige de petit garçon et l'aimer une seule vraie fois et en rester là. Mais au bout de quelques semaines, je suis allée vivre avec lui. Bientôt, son corps a commencé à peser sur moi toute la journée, à me pousser devant pour que j'avance plus vite. Et, ce matin, dès ses premières paroles prononcées, j'ai dit que je ne trouvais pas ça important.

Puis j'ai claqué la porte.

Mais plus tard, il est encore debout devant moi, porte entrebâillée, pour me tendre la valise oubliée. Dire qu'il a déjà su se taire. Dire que le premier soir, la première nuit, j'avais à peine porté attention à son petit accent français.

Cette fois-ci, je me dis, j'ai vraiment raté l'essentiel.

Il me tend la valise en marmonnant entre ses lèvres: «Elle est complètement cinglée».

— Barjo, peut-être?

Il dit «cinglée» parce qu'il a grandi à Outremont et parce qu'il a fait toutes ses études dans un collège français.

49

— Cinglée. Tu trouves que je suis cinglée ?

— Complètement, il dit.

C'est une fois de trop et il reçoit un coup de poing dans le ventre.

— Ça, c'est pour ton accent, je dis.

Je réfléchis.

Ensuite, je baisse la voix et j'ajoute qu'il ne comprend rien aux choses cachées. Le mot « cinglée », ça veut tout dire parce que dans sa façon de le prononcer, il n'y a pas le moindre soupçon d'humour caché.

Je dis : « Fuck... ! »

Je hausse les épaules et, puisque je n'ai plus le choix, je prends ma valise du geste le plus brusque que je puisse faire.

Là, il me retient d'une seule main.

Le premier soir, la première fois dans les toilettes du bureau, il m'avait aussi tenue serrée, très serrée avec cette main ; de l'autre il bloquait la porte au cas où quelqu'un repasserait par là. C'est à cause de ce geste que je suis allée vivre avec lui. Ce geste est l'origine de notre malentendu.

Je pose ma valise par terre et j'envoie sa main et son bras voler derrière lui.

Il veut me parler.

Je dis : « Vas-y, parle ».

Ce qu'il a à dire se résume à la question suivante : qu'est-ce que j'ai ? qu'est-ce qui m'arrive *au juste* ?

Il croit dur comme fer que les choses nous arrivent *exactement*.

Le mot « cinglée » pend encore au bout de ses lèvres.

Je dis, avec son accent : « Les dés sont jetés. »

Je reprends ma valise et je ferme la porte derrière moi. Définitivement.

Je traverse le corridor.

J'aperçois mon air misérable dans le grand miroir, près de l'ascenseur. La valise, elle, est une vraie horreur et je la vois soudain comme si elle contenait tous ces mois passés avec lui, comme si ces mois avaient pris froid sur le plancher d'une cave humide.

Je reviens sur mes pas.

Je dépose la valise sur le seuil de la porte.

Je tends un peu l'oreille.

J'entends son souffle.

Je l'entends marmonner « cinglée », j'en suis sûre.

Dans une autre histoire, il pourrait ouvrir la porte à ce moment-là, il pourrait apercevoir la valise à mes pieds, devenir soudain amoureux, de la valise, de ma petite personne et enfin changer de tonalité.

Mais c'est le voisin d'à côté qui ouvre sa porte.

Il voit la valise. Il me regarde. Une idée qui le guette depuis longtemps se dessine sur son visage. Il sourit.

— As-tu besoin d'aide ?

51

Je m'approche alors de lui, je lui tends ma
bouche pour qu'il n'en dise pas plus. Mais il recule,
car son idée a disparu d'un seul coup.

— Cinglé, je murmure.

LES PETITES LUMIÈRES

C'était presque Noël.

L'homme, avec son accent américain, a dit : « Tournez ici, s'il vous plaît », et nous avons abouti sur la grande et neuve avenue McGill College, ma rue préférée.

C'était la nuit, j'avais roulé très lentement depuis le début et là toutes sortes de petites lumières dansaient devant mes yeux. J'ai stationné la voiture et il a mis sa main sur mon épaule en disant : « Continuez s'il vous plaît. » Il avait une façon incroyable de dire sans arrêt s'il vous plaît, comme moi j'en avais une depuis toujours de dire je m'excuse. Il m'a demandé de continuer, suppliée presque, et moi j'ai répondu : « Pas maintenant. » « Je m'excuse, pas maintenant. »

L'homme était assis derrière avec son petit garçon qui dormait sur ses genoux. Il n'était pas comme les autres personnes qui embarquent dans une

vie et posent des questions. Il regardait par la fenêtre de côté et ne s'intéressait pas à moi, enfin pas
d'une façon prévisible.

Un peu plus tôt, il était arrivé chez Sophie alors
que la fête était déjà pas mal avancée. Il y avait
beaucoup de monde et personne n'avait remarqué
sa présence. Sauf moi. Parce qu'il n'avait pas l'air à
sa place. Il était mal à l'aise, trop grand, trop bien
habillé, trop seul. Il parlait constamment à l'oreille
de son petit garçon.

J'avais essayé de m'approcher de lui, mais chaque fois quelqu'un me retenait pour me parler,
pour danser, m'entraîner vers un coin de l'appartement ou un autre.

Puis, tout à coup, il a été très tard pour un petit
garçon de quatre ans et l'homme est allé parler à un
ami d'une amie de Sophie. L'ami de l'amie m'a
demandé si je partais bientôt et si je pouvais le
conduire à cet endroit: il me tendait un bout de
papier où était inscrit le nom d'un hôtel du centre-
ville.

Pourquoi moi?

Il fallait traverser toute la ville pour nous rendre à cet hôtel et j'avais conduit jusque-là avec l'impression que j'allais rouler toute la nuit. Lui avait
gardé le silence.

Le petit garçon s'est mis à gigoter. L'homme
semblait préoccupé par lui et par son rêve qui,

probablement, les englobait tous les deux. Il ne voulait pour rien au monde que son petit garçon sursaute. Il a donc remis sa main sur mon épaule, plus lourde cette fois, en disant : « Refaites marcher le moteur, s'il vous plaît. »

Il avait beau dire s'il vous plaît, sa voix résonnait comme un ordre. J'ai remis le moteur en marche, et j'ai continué de contempler les lumières. C'était trop beau. Le petit garçon s'est rendormi et je me suis installée confortablement.

L'homme n'a pas eu l'air surpris une minute. Il a sorti de la poche intérieure de sa veste une grande carte qu'il a dépliée sur ses genoux.

Après l'avoir bien examinée, il a conclu : « L'hôtel n'est pas loin. »

J'ai levé les yeux vers le rétroviseur pour l'avoir dans mon champ de vision : « C'est vrai, on peut même y descendre à pied. »

Il a eu l'air de réfléchir, puis il a dit : « Non. » Il ne voulait pas. Il ne voulait rien. La seule chose qu'il semblait désirer vraiment, c'était d'être assis sur la banquette arrière de ma voiture, avec son petit garçon endormi sur ses genoux. Mon désir à moi était de rester là et de contempler les lumières. Désirs concrets. Complémentaires.

Il ressemblait à un éternel étudiant et plus j'y pensais, plus j'étais certaine qu'il était médecin dans un hôpital universitaire, à Boston par exemple. Je lui ai demandé, il a répondu : « Oui. » J'ai allumé une cigarette en souriant.

Son histoire d'amour blessé ne m'intéressait pas. Tout le monde vit sur une vieille peine d'amour, pas besoin d'en parler. Heureusement, lui, il n'essayait même pas.

Il a appuyé sa tête contre la vitre pour regarder avec moi les lumières. Enfin, il s'est endormi.

J'ai attendu plusieurs minutes, puis je me suis retournée et j'ai posé ma main sur leur joue, l'un après l'autre : ils dormaient dur. Leurs joues endormies me paraissaient si vulnérables. J'ai pensé que le geste que je venais de faire n'avait rien à voir avec ce qui se passait dans la voiture. Alors, j'ai arrêté le moteur et je suis sortie sans faire de bruit.

J'étais seule sur l'avenue : tout était à moi ! Si je regardais assez longtemps, plus tard, même en fermant les yeux, les petites lumières continueraient à danser. J'avais l'impression de faire partie d'une ville à l'intérieur d'un globe de verre qu'il suffit de secouer pour que la neige se mette à tomber. J'avais besoin de croire que les lumières s'allumaient juste pour moi.

Il a commencé à faire plus froid et j'ai dû retourner m'asseoir à l'intérieur. Le petit garçon grelottait. J'ai réveillé son père et je lui ai dit que son enfant n'était pas assez habillé pour notre hiver. Il m'a répondu : «Demain, demain nous irons lui acheter ce qu'il faut.»

Je n'avais pas encore d'enfants à cette époque, c'est peut-être pourquoi ce petit garçon attirait ma curiosité. Ainsi, quand nous sommes arrivés devant l'hôtel et que l'homme m'a demandé si je voulais prendre un verre avec lui, j'ai tout de suite accepté.

L'enfant ne s'est pas réveillé, même quand son père l'a déshabillé pour le mettre au lit.

J'ai pensé que cet homme regardait son enfant comme s'il l'avait déjà perdu. J'ai pensé qu'il était sur le point de le perdre à nouveau.

Il a ouvert la porte du mini-bar et m'a demandé laquelle des petites bouteilles je voulais.

Nous avons bu en silence.

Puis je me suis étendue sur le deuxième lit, par-dessus les couvertures. Lui s'est assis sur la chaise près de la fenêtre comme pour veiller sur moi, alors que dans les faits, rien que dans les faits, c'était à moi de veiller sur lui.

J'ai fermé un instant les yeux.

J'ai dit : « Elles sont toujours là. »

— Où est maman ? a demandé le petit garçon en s'éveillant au milieu de la nuit.

J'étais toujours sur les couvertures, je suivais les motifs du couvre-lit avec ma main.

— Nous sommes en voyage, a dit son père comme si c'était une réponse.

Mais ces paroles semblaient plutôt destinées à le rassurer, lui.

Il me jetait des regards pleins de regret où s'était probablement engouffrée la bonne réponse.

— S'il vous plaît, nous sommes en voyage.

Je me suis mise à fredonner doucement. Le petit s'est rendormi.

— Je l'avais pourtant supplié de ne pas y aller, j'ai dit, en parlant de mon père. Mais il est quand même parti.

— Et puis?

— Puis, au bout de quelques jours, il s'est senti encore plus mal et il est entré à l'hôpital de Boston où ils l'ont opéré. Il avait une assurance. Ma mère ne l'a jamais su.

— Et puis?

— Et puis je suis allée là-bas et pendant des semaines, nous n'avons eu aucune envie de revenir.

J'avais fini de raconter mon histoire.

Soudain, l'homme s'est levé et s'est dirigé vers la table de chevet. Il a décroché le téléphone en disant : « J'ai fait une erreur. »

Il a demandé un numéro à la réception et il a attendu que quelqu'un réponde à l'autre bout de la ligne. Mais personne n'a répondu.

Alors, il a raccroché brusquement en répétant qu'il avait fait une erreur.

Nous étions encore en pleine nuit et il voulait maintenant réveiller son petit garçon pour le ramener chez lui.

— Il est si fatigué, j'ai dit.

Mais le petit garçon devait être habitué car à peine avait-il ouvert les yeux qu'il les a aussitôt refermés.

Quand ils ont franchi le seuil de la porte, j'ai vu quelque chose de vraiment triste dans la façon dont leurs vêtements étaient froissés.

C'est comme sur leurs joues, j'ai pensé, et dans les vêtements d'hôpitaux.

J'ai commencé à ressentir un peu de souffrance, mais j'ai fermé les yeux, j'ai secoué la tête et la neige s'est mise à tomber.

PORTRAIT DE NOUS
DEVANT LA VITRINE

*Tout le monde pouvait se rattacher à un nous,
tout le monde sauf elle.*

En hommage à Carson McCullers.

Mon père travaillait dans une bijouterie de la rue Saint-Laurent.

J'avais treize ans.

Cet été-là, la peur voguait partout dans l'air, les heures s'échappaient, roulaient sur le trottoir comme les perles d'un collier dont la corde est cassée. Chaque après-midi, je rôdais autour des boutiques de la rue Saint-Laurent, je m'arrêtais devant une porte, puis une autre, je m'assoyais sur un banc, car je n'étais au centre de rien sinon au centre d'un après-midi immobile.

Il n'y avait rien à faire pour une jeune fille de mon âge. Quelque chose allait pourtant bien arriver, n'importe quoi, n'importe qui avec des mots si forts qu'ils se cristalliseraient en moi, qu'ils me feraient crier : « Présente ! Je suis présente ! » Mais chaque jour, le soleil montait, puis descendait, et c'est tout. Un jeune fille de treize ans retourne chez elle, un poids de plus dans la poitrine, une terreur intime, si intime qu'elle n'en dit rien. Elle traverse la maison, puis la rue, le parc, la ville. Ce n'est pas ça. Ce n'est jamais ça.

Un après-midi, j'observais mon père penché sur ses montres, tout au fond de la boutique. C'est ce qu'il aimait le plus, les montres brisées, arrêtées : cela lui donnait l'impression de réparer l'histoire des gens qui les portaient. Il voyait leur solitude, leurs joies, leurs peines à travers les aiguilles, le mouvement de rotation, les chiffres, les égratignures au bord de la vitre. Les montres le tiraient en arrière de sa vie à lui, à côté d'une mélodie toute simple, un peu triste, désolée, qui lui faisait pencher la tête encore plus bas.

Je restais là, immobile comme le jour devant la vitrine, ne voyant que cette image : la tristesse arrêtée avec les aiguilles d'une montre, la tristesse avec de grandes mains, de larges épaules, la tristesse sur les chaises, les tables, sur tous les balcons de la ville.

Et puis, au bout d'un certain moment, l'impossible pour moi s'est produit.

J'ai d'abord entendu les voix : la première, minuscule, joyeuse comme tout, puis l'autre qui appelait : « Madeleine, Madeleine. » Cela m'a tout de suite frappée, car c'était le nom de ma grand-mère tant aimée et morte depuis si longtemps déjà. Je me suis donc retournée, un peu par curiosité mais surtout parce que je me sentais étrangement entourée, soulevée par ces voix. Alors je les ai vus, eux, et à cette seconde précise un espoir démesuré a basculé au fond de mon cerveau.

Madeleine était une enfant de deux ou trois ans, toute brune, avec des mains qui disaient : « Regardez, regardez ce qui est là, avec nous, regardez mon bonheur, comme je le tiens serré contre moi ! »

Un charme indescriptible se dégageait d'elle et de ses parents qui l'accompagnaient.

Son père : grand, les cheveux frisés et noirs, une lumière grise dans les yeux. Il prend Madeleine dans ses bras et cela ressemble à un diamant caché dans une petite enveloppe.

Sa mère : cheveux courts, presque rouges, une espèce d'inquiétude filtrant à travers ses yeux et qui est, d'une manière toute particulière, sa beauté.

Ils se tenaient là, ensemble. Et parce qu'ils étaient ensemble, ils faisaient presque mal à regarder.

Ils formaient une figure parfaite de ce que je voulais, qui n'était pas moi, et que je ne savais pas.

Ils en dessinaient la sensation, en moi, au même endroit d'où partait et où arrivait la musique.

Je les ai regardés longuement, j'ai tout détaillé, la couleur de la peau, les souliers, les vêtements, les bijoux qu'ils choisissaient dans la vitrine, tout. Et quand ils sont partis, je les ai suivis.

C'était naturel : je les aimais. Je les suivais parce que j'étais entrée immédiatement, en les voyant, dans leur amour. J'étais eux, en eux, de la même façon que j'étais la musique quand je jouais du piano. La musique... Jusqu'à maintenant, elle seule avait pu comprendre et mériter cet amour-là. Mais, désormais, rien ne serait plus pareil. Cette chose importante s'accomplissait. Cela avait déjà un rapport avec tous les gens qu'on croisait dans la rue : quand ils nous voyaient, certains souriaient, les autres étaient déjà perdus.

Nous marchions dans la rue Saint-Laurent, en direction du nord. Notre démarche était claire, totalement claire. Cela formait un tout. Notre démarche, le sens, la musique. Le monde entier semblait nous dire oui.

Il y avait, pas très loin de la bijouterie, une petite boutique de vêtements pour enfants. Nous y sommes entrés. Aucune des anciennes questions ne me barrait plus le cœur. Nous sommes ressortis avec un sac bariolé dans lequel il y avait une robe bleue et blanche pour Madeleine.

Plus tard, après la visite de plusieurs autres boutiques, les pieds fatigués, toute la chaleur sur la nuque, nous nous sommes arrêtés au Café. J'ai demandé au serveur ce que j'aime le plus, un gâteau au fromage avec un grand verre de lait. J'ai fermé les yeux. C'était ça l'amour.

Je savais déjà, sans le comprendre, que tout venait du regard et des mots. Je ne savais pas qu'après, après l'amour, on pouvait être encore plus seul. Je ne savais pas pourquoi je me voyais vivre cette solitude-là.

Le regard. Ils buvaient de la limonade, je crois, ils parlaient, ils riaient et moi je les regardais.

Nous étions si bien. Nous faisions partie de cette journée magnifique. La vie était plus grande que nous. C'est ce que j'avais toujours voulu. Une famille rêvée. La tristesse n'arrivait plus jusqu'à moi.

Puis Madeleine s'est approchée, une fois, juste une fois, pour me faire une caresse sur la joue. C'est là qu'ils m'ont aperçue pour la première fois. Nos regards se sont croisés. À cet instant, c'était comme s'ils avaient tout connu de ma vie, tout accepté, en une seule fraction de seconde. Ils savaient que j'étais moi, seulement moi, Marie, une fille de treize ans trop grande pour son âge et qui allait devenir la plus grande musicienne du monde à cause de toute cette solitude. À cause de mon père aussi : c'est pour lui que je répétais pendant des heures des *Rhapsodies* de Liszt et des *Inventions* de Bach. Pour lui, parce que je tentais furieusement d'attraper son amour ; je voulais qu'il me porte, comme il m'avait portée avant.

Ils le savaient.

Madeleine me caressait la joue et moi, je me sentais devenir importante pour eux. Voilà qu'ils découvraient mon secret, celui qui est dans chaque note que l'on joue et celui, plus grand, plus sauvage, que produit l'écriture. Et voilà qu'à cause de ce secret, je pourrais faire partie de leur famille, d'une façon ou d'une autre. Par exemple, je pourrais devenir la gardienne de Madeleine. Un besoin très fort nous lierait. Chaque jour, ils m'emmeneraient avec eux, n'importe où, au cirque, au bord de la mer, dans des endroits toujours différents. Je ferais connaissance avec tous leurs amis. Ils m'aimeraient tout de suite. Alors, je ferais partie d'un orchestre, pour eux, pour qu'ils m'aiment encore plus, pour que les après-midi ne soient plus jamais comme avant.

Ils le savaient. Comment pouvait-il en être autrement ? Rien n'avait plus l'air de mourir autour de moi, je ne voyais plus la tragédie de l'enfance, ni le drame des paysages. Le monde affamé ne tournait plus dans ma tête. Tout changeait. Oui, tout changeait.

Je souriais...

Le serveur est venu et m'a demandé si je désirais autre chose.

Non. Je ne pouvais rien désirer de plus.

Il y avait ce *lien* qui flottait maintenant dans l'air, au lieu de la peur, et je ne voulais rien d'autre. Je me voyais, plus tard, à mon tour, entrer et sortir d'une maison, écrire des lettres, embrasser les personnes de ma vie. Je ne m'entendais plus respirer dans le noir. J'étais à l'intérieur de l'amour et j'entendais partout cette musique. Et cela durait, durait, durait...

... Il était plus de quatre heures quand je me suis rendu compte que toutes les tables étaient vides autour de moi. Il n'y avait plus personne. Je ne sentais plus la petite main de Madeleine sur ma joue et cela me brûlait. Il ne restait que moi, moi et la peur qui revenait brusquement.

Je n'ai rien fait. Rien. Je n'ai pas pleuré ni cherché à savoir où ils étaient. Je me suis levée, j'ai payé, je suis sortie.

Ma démarche était toujours aussi claire, mais insensée. Un bonheur invisible s'effondrait en moi. Quand je suis arrivée devant la bijouterie, j'ai ouvert la porte, je me suis dirigée vers le fond, j'ai dit : « Papa, ma montre s'est arrêtée. » Elle marquait quatre heures de l'après-midi. C'est tout. C'était tout ce que je voulais dire.

COMMENT VIVRE
LE SOIR DE SON ANNIVERSAIRE

J'avais décidé de mettre une robe noire, très simple, un peu trop ordinaire même. Elle était cependant assez courte pour laisser voir les bas à motifs psychédéliques que j'avais choisis pour remplir la case vide de cette soirée. Il y a toujours une case vide dans une fête, et chaque fois, je compte sur le plus petit détail pour m'en sortir. Cette fois-ci, c'était les bas. Quand je ne savais plus comment me comporter, je baissais la tête, je voyais ces bas et une voix riait à l'intérieur de moi. Cette voix détenait la clé de mon destin.

Il y avait un homme qui n'arrêtait pas de mettre ses grands bras autour de moi. Je disais : « Non. » C'était encore une soirée pour dire : « Non. » Je n'avais pas envie d'un homme avec de grands bras.

Il ne comprenait pas. Je bougeais, il bougeait aussi. Je dansais, il dansait. Je parlais, il parlait.

J'ai finalement rassemblé tout ce qu'il y a de douceur dans mon corps et je lui ai dit de me laisser. J'ai rempli mon verre, moitié rhum, moitié coke, et je me suis assise dans le fauteuil, bien calée au fond, les yeux ouverts mais la tête fermée. J'ai regardé mes bas.

Au bout d'un certain temps, une image s'est déroulée comme un tapis neuf : c'était celle de mon vingt-sixième anniversaire. Je voyais une banderole où il était écrit *Bonne fête, Marie.* Sur chaque visage, il y avait cette banderole et un sourire. Je déballais un petit chandelier, un petit bracelet, une petite broche, le sourire grandissait, il venait vers moi, il m'enveloppait. C'était le début de cette soirée, avant que je devienne une fille qu'on ne reconnaît pas.

Au début, comme d'habitude, je souhaitais quelque chose de plus. Je buvais du vin, j'ouvrais la porte du frigidaire et je n'arrivais qu'à penser au lendemain, quand je ramasserais les restes de l'incendie.

Mais maintenant, dans le fauteuil, je ne désirais plus que disparaître, juste cela, disparaître, et je sentais que je commençais vaguement à le faire. La douceur s'échappait de moi. Je m'en allais.

L'homme aux grands bras s'est levé en marmonnant, il est allé à la cuisine et a oublié ma présence pour le reste de la soirée. C'était un homme à hommes, de toute façon, l'un de ceux qui aiment par-dessus tout se tenir debout dans la cuisine, en compagnie d'autres hommes.

Autour de moi, mes amis s'agitaient dans tous les sens. Ils ne me voyaient plus. La musique était très forte. Je ne l'entendais pas.

Je suis restée assise là, dans le fauteuil, pendant plus d'une heure. Il était déjà tard, et j'avais presque réussi à m'effacer de la carte et du territoire lorsque je l'ai aperçu, appuyé contre le cadre de la porte. Il discutait distraitement avec une fille beaucoup plus jeune que lui. Il hochait la tête et souriait. Il ne la regardait pas, il me regardait, moi.

J'ai su tout de suite qu'il devait être à moi, sans même que je sache qui il était, et qu'il n'y avait pas d'autres façons d'envisager l'amour avec lui. Ni l'amour tout court.

Je me suis approchée de lui, j'ai poussé la fille et j'ai aussi compris que personne ne pouvait rien contre moi, ni contre la douceur oubliée sur le tapis, ni contre tout ce que j'avais vécu avant parce que c'était une vie entièrement dirigée vers le geste que j'étais en train de faire, maintenant. Je le savais.

La fille est allée rejoindre l'homme aux grands bras dans la cuisine. La soirée s'est détraquée, juste pour nous deux.

Le premier geste que j'ai fait a été de mettre ma main sous son chandail en disant: « J'ai soif. »

Puis j'ai bu dans son verre parce qu'il buvait la même chose que moi. Cela n'avait rien à voir avec demander la permission de prendre une gorgée, il le savait. Il le savait parce qu'il ne disait rien et parce qu'il me regardait bêtement, comme ils le font tous à ces moments-là. Il avait perdu un certain contrôle, mais surtout pas complètement. Les hommes ne perdent jamais le contrôle d'eux-mêmes.

J'ai replacé le verre dans sa main et j'ai commencé à sentir son odeur. Je lui ai dit qu'il sentait bon. Il n'a rien répondu.

Mes amis me regardaient bizarrement, enfin, pas tous, mais ceux qui étaient restés sobres, ceux qui s'imaginaient être les phares lumineux et nécessaires de ma vie. Il existe une certaine vérité et nous pensons tous la détenir en secret. J'avais donc des amis sobres, des amis qui posaient tranquillement leur main sur mon épaule, me caressaient le dos, retiraient brusquement la main et s'en retournaient à leur discussion. Parfois, ils jetaient un coup d'œil dans ma direction. Cette fois, il était trop tard, ils m'avaient perdue de vue.

Je l'avais tiré par la manche pour aller dans une pièce plus tranquille en avant. Nous étions dans la bibliothèque et il était appuyé contre une série de romans policiers. Il s'était mis à m'embrasser, il avait l'impression qu'il se passait quelque chose. Je ne le détrompais pas, ainsi il pensait qu'il avait pris part à la décision.

Très vite, mes gestes sont devenus plus violents. Je trouvais les êtres absents autour de moi, les cho-

72

ses aussi, c'était mon anniversaire et il fallait que la vie retrouve tout son poids.

Il a dit : « Il commence à être tard. » Il riait, un peu. Il se sentait entraîné, forcé, mais la sensation s'arrêtait là. Il ne comprenait pas pourquoi.

Il a ajouté une phrase à propos de mon nom. Puis j'ai entendu le mot « situation ». Il voulait savoir dans quelle situation je me trouvais. Ou alors, lui, dans quelle situation il était pris.

J'ai collé ma tête sur son ventre ; il y avait une partie de sa peau, là, que je voulais arracher. Voler. J'ai dit : « Je ne veux pas que tu m'oublies. » C'était là toute ma condition et cette volonté terrible s'est déposée entre ses bras.

Il m'a suivie.

Les autres sont venus tour à tour me dire au revoir. À chaque fois, il fallait que je ferme les yeux, que je cesse de respirer parce que leur bouche sentait l'alcool et la cigarette. Je me suis reculée, je n'étais déjà plus là et je n'avais plus qu'à leur dire un merci général. C'était leur condition à eux. La condition de leur amitié. Je ne devais jamais oublier pourquoi ils étaient là, pourquoi ils faisaient partie de ma vie.

Nous sommes montés dans un taxi, j'ai donné mon adresse au chauffeur et une cassette pour qu'il la fasse jouer. Je désirais tellement l'entendre que mes mains tremblaient. Alors il a dit oui. Ensuite, il n'a plus rien dit de tout le trajet.

Moi non plus. J'écoutais la musique et rien d'autre ne pouvait pénétrer en moi. Je pensais au mot « âme », « en mon âme ». La musique était l'endroit rêvé pour mon âme.

Quand une voiture passait près de nous, lui, il sortait de la noirceur. Seulement lui. Je le regardais et je commençais à entrevoir comment la nuit finirait. Elle ne finirait jamais. C'était mon histoire et elle allait mourir avec moi.

Dans la maison, je passais mon temps à apparaître et à disparaître. J'étais comme une enseigne au néon qui s'allume et qui s'éteint. La lumière allumée disait : « Je me vois faire. » La lumière fermée se taisait. J'empoignais l'homme que j'avais choisi, puis je cherchais un endroit pour lui faire mal.

Avec les hommes, je me suis toujours regardée de loin, j'ai fait des gestes passionnés, j'ai aimé ces gestes, mais cela n'a rien à voir avec l'amour que les autres filles éprouvent pour un homme.

Avec lui, c'était pareil. En pire. Les seules fois où la lumière se taisait, ce n'était pas grâce à lui, c'était grâce à son corps, à une marque que je laissais sur sa peau.

Parfois, je retrouvais toute la douceur que j'avais laissée là-bas, à cette soirée pour mon anniversaire. Je tenais la douceur dans mes mains, toute la douceur, et je la lui donnais. C'est à ces moments-là qu'il avait le plus mal, c'est-à-dire qu'il dérapait, il avait le vertige, il ne sentait plus les mots. Ivre. Il était ivre de sa propre douceur.

Je savais parfaitement ce que je faisais. Je ne pouvais pas m'excuser et dire que c'était l'alcool. De toute façon, personne ne me demandait rien. Tout était en ordre, il n'y avait pas d'incendie. C'était simplement la nuit et j'avais choisi quelqu'un pour m'accompagner. Ce quelqu'un ne disait plus rien. Sa peau était juste assez rude.

La nuit durait. C'est ce qui était le plus étrange. La nuit s'étirait et ne nous lâchait pas.

Dans ma chambre, face au lit, il y avait une télévision et un magnétoscope. J'avais une seule vidéo-cassette et c'est celle-là que je voulais lui montrer. Je me suis levée, j'ai mis la cassette qui contenait les images que j'avais déjà regardées une centaine de fois.

Il s'agissait d'un documentaire sur lequel j'étais tombée par hasard à la télévision. Cela ne durait que quelques minutes, mais ces minutes avaient frôlé les limites de la folie qui était en moi. Je croyais maintenant qu'elles trouveraient celle qui était en lui.

Il y avait un ciel bleu et dans le ciel, on apercevait soudain un oiseau, un balbuzard, très grand, de plus en plus grand ; il s'approchait de la mer, il cherchait une proie. On le voyait plonger et ressortir avec sa prise. De loin, on sentait la puissance de ses serres. Plus rien ne bougeait, sauf quelques gouttes d'eau qui retombaient dans la mer, et l'oiseau qui remontait dans le ciel.

Tout se passait en silence. L'oiseau remontait dans le ciel. Rendu assez haut, il faisait un geste qui me surprenait chaque fois : il secouait ses ailes. Un peu gauchement, car il ne voulait pas perdre sa proie. Il secouait ses ailes, il se débarrassait de l'eau qu'il avait de trop sur ses plumes, il se séchait, un peu gauchement, il perdait de l'altitude, mais ça, il le savait avant, puis il remontait à nouveau dans le ciel. J'étais fascinée parce que c'était un geste humain. On voyait tout au ralenti, et cela demeurait un geste humain. Ensuite, on le voyait au sommet d'une montagne, on voyait maintenant de près ses serres immenses, son bec crochu, il déchiquetait sa proie.

J'ai fait passer le film plusieurs fois. La cinquième fois, il a tenté de se lever et de s'en aller, mais je l'ai retenu. Il y avait quelque chose de niché en moi qui empêchait un homme de partir, même s'il le voulait très fort. J'étais assise par terre, lui couché sur mon lit, et c'était ça notre vie, humaine, jusqu'à ce que la nuit se retire de nous.

Maintenant, il n'arrivait plus à partir. Le matin était là, avec sa petite lumière grise qui m'attirait dans la cuisine. Mais lui restait là, étendu sur le lit.

J'ai regardé la liste qui était collée sur la porte du frigidaire. *Arroser les cactus. Acheter de la nourriture pour le chat.* Je n'avais pas encore de chat. J'ai arrosé les cactus, j'ai allumé la radio, j'ai écouté les nouvelles en préparant du café, puis je suis allée dans la chambre pour lui dire que la guerre était commencée. Il n'a pas réagi. J'ai passé ma main devant ses yeux comme on fait dans les films pour voir si l'homme est bien mort. J'ai pensé à cette expression : *le monde des hommes.*

C'était le lendemain de mon anniversaire, la guerre était déclarée et je sentais une sorte d'allégresse qui me parcourait le corps. Il n'y avait rien à comprendre et ce n'était surtout pas à lui que j'allais m'expliquer.

Je me suis assise sur le lit, je me suis penchée au-dessus de son visage et j'ai dit : « C'est fini, la nuit est finie. » Il m'a regardée, il m'a souri parce que je n'étais plus la même, il s'est levé, s'est habillé ; il a ouvert la porte et il est parti.

J'ai alors pensé à la suite et cette suite tenait en une seule phrase : *C'est un homme égaré.* J'avais réussi à perdre un homme, à l'éloigner de lui-même pendant quelques heures et c'est exactement cela qui faisait circuler l'allégresse en moi.

Plus tard, mes amis ont commencé à téléphoner pour savoir comment avait été ma nuit avec Michel. Il s'appelait Michel. Je répondais : « Bien ». Je faisais un geste des épaules qui ressemblait à celui de l'oiseau. C'était un geste humain, il fallait que je sèche mes ailes.

J'ai fini par mettre le répondeur parce que la voix de mes amis semblait de plus en plus loin. Ils étaient tous assemblés autour d'une table dans une belle maison, ils parlaient de Marie, ils faisaient son portrait pendant que moi, je quittais la route. Je leur laissais un corps de souvenirs, un corps éthéré qui s'appelait Marie.

Je me suis mise à ranger tout ce qu'il y avait à ranger dans la maison. Les objets étaient les témoins de ma nuit d'anniversaire et maintenant ils clignotaient pour se remettre à leur place. Je m'étais offert un monde, je répétais à voix haute : *le monde des hommes.* Je ne devais plus y penser.

Cette histoire ne m'a donc rien appris. Elle a simplement fait vivre la douleur toujours assise près de moi comme un petit chat triste.

La journée a passé, puis les années, comme des millions de petites truites dans un bassin olympique. J'étais devenue la fille au chat le plus seul au monde. J'avais une date d'anniversaire et, le lendemain de cette date, je ramassais les restes de l'incendie.

LE PARADIS DE TOUS LES POSSIBLES

Voici une vérité : je suis enfin tombée malade, et puis l'hiver est devenu froid, bien plus froid que d'habitude.

Tous les gens qui passent devant ma fenêtre sont maintenant courbés et tiennent bien fort leur foulard contre leur bouche. Moi, je suis assise depuis des semaines à mon pupitre avec plusieurs couches de vêtements sur le dos.

Je ne sors presque plus.

Je marche de ma chambre à mon bureau, de mon bureau à la cuisine, entraînant toutes sortes de choses intimes avec moi. Derrière moi. Certaines de ces choses intimes appartiennent aux gens qui passent devant ma fenêtre. Ils se cachent le visage dans leur foulard. Ils marchent depuis si longtemps qu'ils ne pensent plus qu'à leurs os, leurs os froids et secs qu'on ramassera bientôt près du feu. Je veux toucher au cœur de cette image, l'entendre respirer de près et l'entraîner avec moi. Si une femme trébuche devant ma fenêtre, son geste finit par voler dans la maison, autour de moi, essayant de former une âme. Je cherche un nom, un verbe, puis l'âme de cette femme inconnue, l'âme de son geste s'enroule dans une couverture au pied de mon lit.

La fatigue colle à moi comme une ventouse. Le médecin a dit : « Trouve une façon d'être tranquille. » Je ne suis plus retournée travailler depuis cette date. Mais je ne suis pas tranquille. Quand je sors, j'ai toujours peur que la porte soit mal fermée. Je pense à toutes les personnes que je pourrais trouver cachées dans ma maison si la porte est ouverte. Les petites filles ont peur d'arriver à l'école en pyjama. Les petits garçons ont peur de tomber en bas de la poutre. Moi, j'ai peur que la porte soit mal fermée. C'est une peur enfantine qui a grandi à partir d'un sentiment de différence dans la cour d'école.

Un jour, un homme que j'aimais m'a prise par le bras en disant que les gens n'entraient pas dans les maisons quand la porte est ouverte. Les gens forcent les serrures, cassent une vitre, déclenchent l'alarme mais n'entrent jamais dans une maison ouverte à tout vent. C'est probablement vrai. Tout ce que les gens disent est probablement plus vrai que la vérité elle-même, si je le désire. Cela me remplit d'espoir pour le reste de la journée.

Mais je ne suis pas tranquille.

Je m'assois à mon pupitre et j'écris des histoires à propos de filles qui croisent les bras, laissent la porte de leur chambre ouverte et regardent intensément ce qui s'offre à leur vue.

Ces filles imaginent une maison au bord du fleuve. Elles veulent à tout prix s'acheter une maison au bord du fleuve. Elles se passent la main dans les cheveux — comme ils ont allongé ces derniers temps! —, elles croient mériter cet espace plus grand les reliant à leur enfance. Leur enfance peut, ou pas, s'être déroulée en face du fleuve.

Elles entament une journée, et cette journée s'ouvre enfin sur le *royaume des morts* ou sur *le monde des hommes*. Elles comprennent, ne remercient personne et retournent à leur vie, ou pas. De toute façon, elles ont eu un contact avec leur double. Leur solitude. Avec ce qu'elles sont vraiment et ce qu'elles pourraient être.

Moi aussi, j'ai eu un contact avec mon double. Ça s'est passé au cinéma. J'ai été ébranlée par un mot, un seul mot prononcé par l'actrice principale d'une manière incroyable, un mot que je n'arrive pas à oublier. C'est le mot « chagrin ». Dès que l'actrice l'a prononcé, la couleur du film a changé, l'histoire s'est retournée comme une veste.

Ce mot me rappelle une partie de moi vivant dans une autre ville, ou bien dans une grande maison au bord du fleuve et alors c'est moi, c'est seulement moi qui ai du chagrin.

Je prends mon bain le matin et, quand j'en sors, j'ouvre la fenêtre et me plante devant encore toute mouillée, à moins 15 degrés. L'air se mêle à la buée dans un seul nuage que je respire. Toutes mes histoires semblent soudain se tenir là, dans une salle de bains minuscule où l'air finira bien par emporter la buée. Mes histoires s'envolent, le monde est plein de possibles et je me répète à voix haute : « Est-ce le paradis ? »

Je retourne à mon pupitre, et les filles s'habillent pour une fête pendant qu'un jeune garçon donne des coups de poing dans la fenêtre du métro. Pour lui, c'est un geste involontaire.

Ce geste, une des filles le fait elle aussi sur le mur de sa chambre. Elle pense à un amour qui devrait la faire mourir, elle pense précisément à son corps, ses jambes, ses vêtements... Toute son angoisse se concentre dans le fait de ne pas savoir quoi mettre ce soir. C'est une phrase lumineuse, un titre, une bande annonce qui dit tout : *Quoi mettre ce soir ?* Cette phrase touche à un pouvoir insoupçonné, c'est en elle, dans cette fille, mais elle n'arrive pas à bien le situer. Un coup de poing dans le mur et elle rêve à un amour violent qui la ferait sortir de sa vie.

Le garçon qui donne des coups de poing dans la vitre du métro a des yeux bleus avec un ciel d'enfant quelque part sur le côté. Il a fait ce geste et s'est assis calmement sur le banc. Il ne sait pas que ce geste a été fait par lui. Il l'a fait.

Cette histoire pourrait porter le nom de sa maladie. Mais je ne cherche pas à me souvenir de ce nom ni à savoir pourquoi la vie permet à cette maladie de s'emparer de ce garçon aux yeux si bleus. Je l'ai vu faire et je suis sortie du wagon avec une partie de ce geste et de ces yeux bleus bien tapie en moi. La vie me permet parfois d'oublier. Pas cette fois.

Maintenant, il est entré dans sa maison et sa mère le regarde grandir avec une douleur inouïe. À l'heure du souper, elle l'appelle de loin pour ne pas ouvrir la porte de sa chambre. Ils mangent en silence. Elle craint de briser une sorte de surface qui la protège de lui. Et des autres.

La jeune fille, elle, est totalement prise dans la glace. Un paquebot géant pris dans la glace. Elle essaie tellement de passer, de s'amuser, mais plus tard, comme moi, assise devant la fenêtre, elle désire plus fort que tout que les gestes soient déjà accomplis, la robe achetée, la nuit terminée. Elle veut avoir été aimée et embrassée. Elle met de longues boucles d'oreille et part à l'école en pensant à ce que ce serait d'avoir été aimée et embrassée. Elle a quinze ans et deviendra sûrement un personnage de roman. Elle ne rencontrera jamais l'homme de sa vie, sa mère ne lui a jamais parlé de l'homme de sa vie, mais elle franchira la frontière de son désir et s'installera dans une grande maison au bord du fleuve. Elle ne se sentira plus coupable de rien. Une année, plusieurs de ses amies mourront du cancer et elle disséquera ce mot sur la table avec un petit couteau.

Il neige.

Je passe maintenant des heures devant la télévision à regarder les jeux olympiques. Je reste surtout clouée aux parcours des patineurs artistiques. Ils me brisent le cœur en mille miettes.

Parfois, debout, au milieu du salon, une sorte de volupté m'envahit. Abandon, volupté. L'émotion est tellement multipliée qu'elle n'a pas besoin de langage. Et moi qui ne voulais croire qu'au langage !

Mais voilà qu'une autre vérité se fait voir : j'ai rêvé.

J'avais laissé la porte de ma maison ouverte et quand je suis arrivée, tout avait été cambriolé. Il y avait de grands traits de peinture noire sur les murs : ma maison avait aussi été vandalisée. Je voyais les livres, les meubles, les boîtes de carton remplies de souvenirs et même les photos des enfants partir à la dérive. C'était réel, réel. Les personnages de mes histoires couraient dans tous les sens.

Je me suis éveillée dans une odeur de catastrophe. Mes personnages avaient vraiment disparu.

Ensuite, dans l'escalier, j'ai trouvé un bout de papier sur lequel un de mes enfants avait écrit ceci : «J'ai tout découvert.» Je savais que cette phrase m'était destinée. J'étais devenue le seul personnage possible, la main sur le cœur, devant sa maison en ruines.

Le médecin m'a répété: «Trouve une façon d'être tranquille!»

Mais quelqu'un a dévalisé ma maison. Même en rêve. Quelqu'un a dévalisé mon chagrin. Et je tiens si fort à lui, il est doux, l'intérieur du chagrin sait être doux. Il sait aussi ce qui arrive à une jeune fille amoureuse de rien, à un garçon grandissant sous les yeux muets de sa mère. Il sait comment former une âme...

Il y aura une fin pour ces histoires. Mon chagrin va refaire surface, il le faut, et le garçon se passera constamment la main sur le visage. La mère du garçon s'endormira et ne se réveillera plus.

La jeune fille devenue vieille dira encore : « Aimez-moi. » Elle ajoutera ceci qui pourrait être un mensonge si elle n'avait pas dit avant : « Aimez-moi. » Elle ajoutera : « Je vous aime, je vous aime. » Ou bien : « Au revoir, mon amour. » Elle va laisser la porte de sa chambre ouverte. Son amour pourra fuir et la quitter pour toujours.

Qu'arrivera-t-il si je reste ici, immobile ?

L'hiver va passer.

Au printemps, rien ne pourra plus me résister.

Il y a une raison à tout cela. Est-elle lovée à l'intérieur du chagrin ? Je ne la cherche plus, elle ne veut pas être trouvée.

VIGILANCE

LA ROBE DE MARIÉE

Ma maison a deux étages et de nombreuses fenêtres par lesquelles je peux observer tout ce qui se passe dans la rue et dans la maison juste en face. À première vue, il n'arrive jamais rien. Je m'arrête devant la fenêtre du salon et je jette un coup d'œil. Rien. Ma voisine a enfilé son tablier et elle s'apprête à préparer le souper. Il est déjà cinq heures. Elle ne veut plus être en retard. Est-ce qu'il se passe quelque chose? Ma voisine se penche et ramasse un jouet. Ici, les petits font leur devoir et je me dis que je devrais, moi aussi, mettre mon tablier.

Avant, la voisine sortait toujours vers cinq heures trente pour aller faire ses courses. Elle revenait tout essoufflée en calculant le temps que ça lui prendrait pour préparer le repas. Mais un jour, son petit garçon est tombé malade et elle a dû apprendre à suivre un horaire. Un vrai. Elle m'observe depuis longtemps elle aussi par la fenêtre parce qu'elle m'a dit alors : « J'essaie d'être comme toi, une vraie mère avec un vrai horaire. » Elle savait à quelle heure je couchais les enfants tous les soirs. Elle m'entendait chanter. J'ai trouvé ça bizarre. Moi, à ce moment-là, et encore maintenant, tout ce que je voulais c'était entendre des vraies phrases. Je veux les entendre et puis désirer. Je dis : « Dis-moi une vraie phrase. » Mais personne ne dit rien puisqu'il n'y a personne.

Elle s'appelle Hélène, ma voisine. Elle a de grands cheveux roux qu'elle brosse tous les matins la tête en bas. Quand elle se relève, ses cheveux ressemblent à un groupe d'oiseaux qui s'envolent. C'est un mouvement de danse. Je vois son mouvement de danse par ma fenêtre et parce que cela existe tous les matins depuis bientôt trois ans, on peut bien dire qu'il se passe quelque chose. Ses cheveux s'envolent. Les petites gouttes de pluie sont en train de geler sur les branches de l'arbre. Tous ces mouvements sont de même nature.

Un jour, Hélène est venue vers moi et m'a demandé : « Penses-tu qu'il peut me quitter, même si je refuse ? » J'ai compris qu'elle vivait sur une autre planète. Et je n'ai pas su comment lui répondre. Elle est repartie avec ses trois enfants en disant : « De toute façon, tout est de ma faute, parce que je ne sais rien faire. »

Je ne sais pas si elle est malheureuse. Je ne le crois pas. Mais, malgré son nouvel horaire, elle a toujours des courses à faire parce qu'elle oublie toujours d'acheter un article.

Quand il pleut, même quand c'est le déluge, elle attache deux petits parapluies à la poussette. Ses bébés sont protégés. Elle marche en faisant de grands pas et ses cheveux mouillés deviennent vite lourds à porter. J'imagine. Je ne peux qu'imaginer parce que j'ai toujours eu les cheveux courts. Elle dit que je suis la seule fille qu'elle connaisse à qui cela va bien, les cheveux courts. Elle dit que je suis bien habillée. Elle me répète ce que son mari lui a dit : « Tu devrais t'habiller comme elle. » Elle rit. Moi aussi. Je l'invite à venir chez moi mais elle ne vient pas. Puis, un dimanche, elle vient avec son garçon pour la fête de Simon. Elle boit deux verres de mimosa et ses joues deviennent rouges. Elle prend un paquet de photographies et les regarde comme si elle ne voulait pas vraiment les voir. Elle dit que j'ai l'air heureuse sur les photos. Est-ce que je suis douée pour le bonheur ? J'ai tellement mal au dos à force de sourire ! Elle dit que ce n'est pas grave, que le mal de dos va partir, qu'il ne faut rien changer parce que j'ai l'air si heureuse sur les photos.

* * *

Le mari de ma voisine travaille tous les soirs dans la petite pièce juste au-dessus de la porte d'entrée. Tous les rideaux sont fermés, Hélène s'est endormie avec les enfants et son mari tire des joints dans la seule pièce encore éclairée.

L'année dernière, pendant un mois, au moins quatre soirs par semaine, il ne rentrait pas avant trois, quatre ou même cinq heures du matin. Parfois, le samedi après-midi, je les entendais, je les voyais discuter debout dans leur salon. Je suppose que les enfants dormaient à l'étage. S'ils criaient un peu fort, je me cachais vite derrière le mur. J'avais honte pour tout ce qu'ils avaient pu entendre chez moi. J'avais aussi honte pour eux. Quelques jours après, Hélène venait vers moi :

— Tu as dû m'entendre crier ?

— Et moi ?

D'autres jours passaient, Hélène avait réfléchi et elle arrivait triomphante : « Ne t'en fais pas, c'est normal de crier après les enfants. »

Tout est normal, même un mari qui rentre à cinq heures du matin.

* * *

Hélène trouve ça difficile, son nouvel horaire. C'est pour ça qu'une femme descend d'une voiture verte tous les lundis midi. Elle sonne à la porte, Hélène ouvre, en tablier, la petite entre les jambes. C'est un vieux film américain. Hélène porte des petits bas blancs dans ses sandales Scholl. Elle a toujours l'air surprise de voir l'autre femme arriver, même après des mois, comme s'il s'agissait chaque fois d'une visite improvisée.

92

La femme devient peu à peu son amie. Puis Hélène l'invite pour l'anniversaire de son petit garçon. Je suis invitée moi aussi. Je reste assise sur un fauteuil beige, les pieds sur la moquette beige. Il y a six ou sept sortes de biscuits sur la table. Les enfants, tour à tour, prennent une seule bouchée dans chaque biscuit. Ce sont les miens qui ont commencé. Je trouve ça plutôt drôle, mais la belle-sœur d'Hélène regarde mes enfants en affirmant que je ne suis sûrement pas assez sévère. Hélène regrette d'avoir placé tous ces biscuits sur la table. Elle dit qu'elle n'est pas capable de faire les choses simplement. Comme moi. Moi pour qui chaque jour représente une montagne de plus à gravir. Elle dit que l'anniversaire de son fils est raté. Je ne comprends pas pourquoi. Sa sœur entre dans le salon et dit : «On est toutes pareilles dans la famille.» Elle se met à pleurer. De petites larmes invisibles. Personne ne s'en soucie alors je demande s'il y a à boire. Je me lève. Je regarde les photos sur le mur. Je dis : «C'est drôle, on ne sait pas si c'est toi ou ta sœur.» En tout cas, Hélène est dans l'ère hippie sur les photos : un chandail rayé très serré, des jeans à taille basse, des bracelets, des colliers... Elle a un très beau visage, un visage d'ange avec des cheveux roux.

Je dois partir. Hélène dit : «Je ne sais rien faire.» La femme à la voiture verte n'a pas dit un mot de tout l'après-midi.

* * *

93

La mère d'Hélène habite la maison juste à côté. Sa sœur habite plus loin, mais elle est souvent assise sur les marches en avant. Elle attend qu'Hélène revienne faire les courses. Ou elle attend d'être assez forte pour se lever. Une seule fois, elle m'a parlé pour me demander mon âge. Ensuite, Hélène est sortie et lui a dit : « Regarde comme elle a de beaux enfants ! » J'ai dit : « Toi aussi. » Elle a dit : « Oui, mais les tiens sont si blonds. » Je n'ai rien pu ajouter. J'ai continué mon chemin jusqu'au parc. Je ne savais plus si je devais croire ce qu'elle me disait. Je ne savais plus si mes enfants étaient vraiment blonds.

Comme pour la visite de la femme à la voiture verte, Hélène a l'air vraiment surprise de voir sa mère et son père tous les matins. Elle sort de la maison et crie : « Bonjour ! » Elle s'élance vers eux pour les embrasser. La nuit est un long voyage pour Hélène. Quant à sa sœur, c'est une tout autre affaire. Elle tourne la tête vers eux, elle leur envoie la main et retourne aussitôt à ses pensées.

* * *

Le mari d'Hélène vient me parler. Il a l'air de vouloir me poser une question, mais il ne le fait pas. Il dit : « Non, je ne veux pas d'autres enfants. » Il dit encore : « C'est déjà assez dur pour Hélène. »

Hélène a une cuillère de bois avec laquelle elle tape les enfants. Je ne devrais pas dire ça. Hélène tape ses enfants avec une cuillère de bois pour que ça fasse plus mal. Elle dit qu'ils se sont trop vite habitués à sa main. Elle me demande mon avis. Elle dit que la psychologue lui a assuré que c'était normal. «Quoi?» Elle penche la tête et s'excuse: «Je ne le ferai plus.»

Je rentre chez moi, aux prises avec ce secret. Je range les cuillères de bois dans le tiroir. Je ne regarde plus par la fenêtre pendant deux ou trois jours.

Je sors. Hélène me fait signe. Elle m'explique encore que si elle l'a fait c'est pour son mari. Il la trouve faible. Il lui jure que c'est beaucoup mieux d'être sévère. Elle voudrait bien le croire. Je dis: «Ce n'est pas une chose que tu dois faire pour lui.» Elle dit: «Qu'est-ce que je dois faire?»

Puis Hélène entre à l'hôpital pour une opération. Elle y reste un peu plus d'une semaine. Sa sœur vient prendre sa place à la maison. Elle apporte une chaise berçante et la dépose au milieu du salon. Elle berce la petite qui a seulement un an. Elle lui donne des biberons. Elle s'occupe de tout.

À son retour, Hélène dit: «Ils ont l'air si heureux avec elle.» Elle jette les biberons.

Un jour, son mari s'approche de moi et dit: «Je ne sais pas de quoi vous parlez ensemble, mais elle se pose trop de questions.» Il n'est pas fâché. Il dit ça presque naïvement.

* * *

Je pars en vacances pour trois semaines. Hélène me regarde ranger les bagages dans la voiture. Marielle et Simon tournent autour de moi avec leur bicyclette. Le petit d'Hélène veut venir les rejoindre mais elle le retient par les bretelles. Elle me fait au revoir de la main. Pas de sourire.

Je reviens. Hélène est assise avec sa sœur sur le perron. Est-il arrivé quelque chose? Quand Hélène m'aperçoit, elle entre aussitôt dans sa maison.

C'est l'hiver. Hélène porte un manteau de fourrure pour sortir faire ses courses. Il y a un panier rempli de linge à plier presque en permanence sur la table de la salle à manger. Un matin, je la vois danser dans le salon. «Tiens, elle fait comme moi.» Je mets *Achtung Baby* et je danse moi aussi.

Je sonne à sa porte. Je lui demande si tout va bien. Je lui dis qu'on ne se parle plus beaucoup depuis la fin de l'été. Elle dit: «Mais tu as l'air si occupée.» Je regarde les cercles vert lime et jaune de la tapisserie du portique. Elle ne m'invite pas à entrer. Les cercles commencent à bouger. Je retourne chez moi, tout étourdie.

Je m'observe attentivement dans le miroir: qu'est-ce qui fait de moi une femme si occupée? Mes cheveux? Ma posture? Je ne trouve pas. Je m'assois à ma table de travail, je corrige des copies d'examen. Hélène sort avec ses enfants. Ils sont tout emmitouflés. Elle sourit. Elle part à l'aventure.

Le printemps revient.

Quelquefois, le soir, le mari d'Hélène s'enferme dans sa voiture pour écouter de la musique. Le son est tellement fort que je peux l'entendre du salon. J'écarte deux lames du store vénitien, j'essaie de voir ce qu'il fait, mais je suis trop éblouie par les phares. J'écarte encore les deux lames : il sort de la voiture. Il regarde dans la boîte aux lettres. Il hésite. Il rentre à la maison.

Je me demande si Hélène a rangé ses cuillères de bois. Je suis certaine que oui. Je me demande si elle couche avec son mari. Elle m'a déjà dit qu'elle s'endormait tous les soirs dans la chambre des enfants, qu'elle se levait ensuite au milieu de la nuit pour finir la vaisselle. Elle a dit : « Sinon, je ne peux plus me rendormir. » J'ai dit : « Et ton mari ? » Elle a répondu : « Mon mari ? » J'écarte encore les deux lames. En y repensant, je suis certaine que oui.

* * *

Hélène a recommencé à me parler. Elle s'approche de moi pour me dire que j'ai maigri. Puis elle m'annonce la nouvelle : dans un mois, sa sœur se marie. Je reviens chez moi et répète à voix haute : « La sœur d'Hélène se marie. » Ça sonne bien.

Nous parlons d'elle maintenant. Elle s'appelle Françoise. Plus le jour de ses noces approche, plus elle reste longtemps assise sur le perron de la maison d'Hélène. Elle plisse les yeux et parle à voix basse comme si elle avait un problème compliqué à régler. Son fils de douze ans arrive le vendredi et repart le dimanche. Voilà. Le fiancé de Françoise chuchote à son oreille et lui donne du courage.

Pendant plusieurs jours, je pose des questions à Hélène sur le mariage. Le mariage en général. Puis le sien en particulier. Elle refuse de me montrer les photos. Je comprends aussi qu'elle n'a pas du tout envie d'aller à celui de sa sœur. C'est une corvée : il faut faire garder les enfants, trouver une robe, des souliers... et parler, parler à tout le monde. Hélène n'aime pas beaucoup les sorties. Je voudrais bien y aller à sa place. Je n'ai jamais assisté à un mariage. Chaque fois que je croise Françoise, je lui demande si elle est excitée. Elle dit oui. Mais Hélène ajoute : «Elle a peur d'être malade.» Je ne pose plus de questions.

Hélène a résolu son principal problème : elle va teindre sa robe de mariée en vert. Elle me demande mon avis. Pourquoi vert ? Tout le monde me demande mon avis sur cette histoire de mariage. Je ne sais pas. Je n'oserais pas teindre une robe de mariée. Hélène décide quand même que c'est la seule chose à faire. Tout plutôt que sortir et aller magasiner. «Toi, comment tu fais pour les robes ? » me demande-t-elle encore.

Puis Françoise arrive un après-midi avec une grande boîte. Hélène lui ouvre la porte et elles se mettent à parler de ce qu'il y a dans la boîte. Je sors de la maison et je me dirige vers elles.

— Est-ce que c'est la robe de mariée ?

Françoise fait un grand sourire et je lui demande si je peux la voir. Elle hésite.

— O.K. reste là.

Elle grimpe l'escalier pour aller se changer. Elle redescend dans sa robe de mariée, une vraie de vraie, blanche, avec des dentelles partout, des petites paillettes vert tendre, une longue traîne, des gants sans doigts et même un voile. Françoise tourne sur elle-même pour qu'on la voie de tous les côtés. Je la félicite. Hélène, elle, ne dit rien. Elle ne veut rien dire. Françoise lui demande ce qu'elle en pense et elle reste muette. C'est à ce moment-là que leur mère sort de sa maison. Françoise l'appelle pour qu'elle vienne voir sa robe à son tour. Il y a une sorte d'interrogation dans sa voix comme si elle faisait une prière. Elle semble si fière, si reconnaissante pour l'instant qu'elle est en train de vivre. Sa mère la regarde, l'examine et lui dit : « Elle est belle, mais pas de circonstance. » Elle ne s'est même pas approchée d'elle. Elle ne lui a pas souri. Les yeux de Françoise s'emplissent soudain de larmes, elle perd pied. Elle devient une toute petite fille. Je dis tout bas : « Réponds à ta mère. » Je sens bien à quel point je suis étrangère à la scène, mais c'est plus fort que moi, il faut que je dise : « Réponds à ta mère. » Ce qu'elle fait en lui jurant qu'elle ne passerait pas le restant de sa vie à payer pour elle. La mère hausse les épaules, nous tourne le dos et s'en va. Hélène se croit obligée de dire : « Elle a un peu raison. » Mais Françoise ne l'a pas entendu. Elle me prend par le bras et me demande comment je m'appelle. « Marie. » Elle dit : « Marie, ma mère a gâché dix ans de ma vie. Elle m'a forcée à me marier la première fois, puis elle a gâché le reste de ma vie. » Elle me serre le bras. Elle monte l'escalier.

Je m'en retourne avec une marque rouge sur la peau. La marque met des jours à partir et tout ce temps, chaque fois que je ferme les yeux, je revois briller les petites paillettes vert tendre sur la robe de mariée.

* * *

C'est au tour de Françoise de ne plus m'adresser la parole. Elle passe à bicyclette devant moi et regarde par terre. Elle reste assise sur le perron et ne lève plus jamais les yeux vers moi.

Le jour du mariage est passé. Je n'ai rien vu. Puis Françoise vient m'offrir le morceau de gâteau qu'elle a gardé pour moi. Il n'y a pas de petite figurine dessus. J'ai toujours imaginé que les petites figurines pivotaient sur le dernier étage du gâteau. Elle dit que non, que les mariés sont bien solidement plantés dans le glaçage et qu'ils appartiennent maintenant aux enfants d'Hélène. Elle dit au revoir et s'en va. Tout est rentré dans l'ordre.

Un soir, elle est encore assise toute seule au même endroit. Les chaises de jardin sont empilées dans la cuisine. Hélène doit faire du ménage. Ses enfants se tiraillent sur la pelouse en avant. Au début, je ne remarque rien, mais quand le mari de Françoise arrive et met son bras autour de son épaule, à la façon dont il le fait, je comprends qu'elle pleure. Pourquoi s'assoit-elle devant la maison pour pleurer? Pourquoi ne pas se cacher dans la cour arrière? Peut-être est-ce pour moi? Peut-être qu'elle pleure en direction de ma maison pour que je la voie? Pour que je sois témoin? Elle se prend la tête entre les mains, puis elle disparaît derrière la clôture. Hélène appelle ses enfants pour qu'ils viennent se coucher. Elle me sourit. Où sont les miens, mes enfants? Je suis assise depuis si longtemps sur le perron. J'entre dans la maison. Simon et Marielle ne sont pas prêts à dormir. Je chante les chansons. Je ferme les lumières. Je navigue entre les deux chambres. Je descends à la cuisine pour me servir un verre de sherry que je bois vite parce que je m'aime pas le sherry. Puis je m'assois sur le divan et j'écarte les deux lames du store vénitien.

ENFANCE

Une fois, une seule fois, j'ai vraiment voulu tuer quelqu'un. J'ai sauté sur cette personne pour l'étrangler et j'ai serré son cou pour qu'elle meure.

Petite, c'était comme ça : certains dimanches, il y avait des centaines de perchaudes à vider sur la table à dessin de mon grand-père. Chez nous, les jours de semaine, il y avait des pièces de théâtre de poupées sur la galerie en avant. Une organisation complète.

Ma meilleure amie s'appelait Nicole. Elle habitait juste à côté et attendait chaque matin que je sorte de la maison. Je l'aimais, et je ne l'aimais pas. J'avais des doutes sur sa famille. Et sur elle. Elle portait un chandail brun avec un grand collet relevé. Elle m'était complètement étrangère.

Il y avait un parc juste en face de la maison. Un jour, je suis restée prise dans la neige. J'en avais jusqu'à la taille. Je ne pouvais plus avancer. J'ai dû attendre au moins une heure avant qu'on vienne me chercher. Ça, c'est un souvenir d'enfance. Il y en a d'autres. Les filles plus grandes allaient très haut dans les balançoires. Une d'entre elles est allée vraiment trop haut et elle s'est empalée dans la clôture de barbelés. Les garçons anglais ont rempli la piscine de terre, ma mère est partie et la maison est devenue trop grande et trop chère. Nous avons déménagé. C'était loin d'être la première fois.

Dans les journaux, à la radio, à la télévision, ils ont commencé à parler de la venue des extra-terrestres. Il y a eu un moment où ils en parlaient tous les jours. Il fallait qu'on oublie la guerre au Viêt-Nam. Ma terreur a pris la forme d'un groupe d'extra-terrestres jouant au docteur avec moi. Sans compter les garçons qui n'arrêtaient pas de me crier : « Fuck you ! » Et les chenilles qui tombaient par dizaines du cerisier dans la cour arrière. Je me promenais toute seule sur le trottoir. J'ai eu un petit lapin blanc mais il n'a jamais été heureux. Les lumières de la nouvelle maison étaient toujours éteintes. Toujours il y avait une menace.

Je suis retournée à l'école et cette menace a été mise à exécution.

Nicole était disparue de ma vie, ma mère sonnait parfois à la porte et le monsieur qui conduisait l'autobus menant à l'école fumait un gros cigare aussi dégoûtant que lui.

J'étais en quatrième année, j'avais déjà mal au cœur avant d'entrer dans la classe et, quand je voyais la personne qui était mon professeur, il fallait que je coure vomir aux toilettes. On me renvoyait parfois à la maison. D'autres fois, non.

Elle avait de grosses chevilles enflées dans ses souliers de sœur : c'est la première chose qui m'a dégoûtée.

Sa peau aussi était dégoûtante. Laiteuse et grasse. Et son corps. Dégoûtant. Je ne vois pas pourquoi, maintenant, je chercherais un autre mot. Petite, il fallait toujours chercher un mot de remplacement et ne pas trop utiliser le verbe être.

La sœur s'appelait sœur Armande et elle tentait de rire de moi en me remettant le bulletin, mais je lui faisais peur, c'était manifeste. Elle voulait m'amadouer et elle voulait en même temps que je lui fasse mal. Que je continue à la haïr. Je le savais. Je la haïssais. Ça aussi, c'est un souvenir d'enfance, haïr une personne et prier pour que la guerre au Viêt-Nam arrête.

J'ai écrit un poème et je l'ai donné à ma mère quand elle est venue à Noël. Le poème ne disait rien mais moi j'étais si mignonne. J'aurais dû le donner à mon père.

Mon père a essayé de m'apprendre à faire du ski mais je n'ai rien appris.

Après les vacances, la sœur avait grossi et je la haïssais encore plus.

J'ai eu envie de la tuer pour la première fois quand je l'ai vue déballer un caramel en tremblant. Elle avait tellement de difficulté à déballer son caramel que j'ai eu sur-le-champ une envie folle qu'elle meure. Je ne sentais pas encore que ça pouvait venir de moi. Je lui ai dit qu'elle me donnait mal au cœur et elle s'est mise à pleurer. Une partie d'elle était justement en train d'essayer de m'aimer.

Quelques mois plus tard, je la regardais courir après un ballon, applaudir comme une jeune fille excitée, et faire comme si la vie de groupe était un vrai choix, une chose agréable entre toutes. Elle courait de plus en plus vite pour attraper ce ballon et un jour son voile a foutu le camp. Nous sommes toutes restées bouche bée à la vue de ce qu'il y avait dessous. Des cheveux sales et morts. Elle n'avait pas le droit d'avoir ces cheveux. Elle n'avait pas le droit de nous les montrer. Elle a rougi. Elle n'avait pas le droit de rougir.

Je suis tombée de ma bicyclette juste avant la remise officielle des bulletins de fin d'année. J'avais le visage tout défiguré. La sœur m'a prise à part pour me dire que je ne pouvais pas monter sur l'estrade pour prendre mon bulletin même si j'étais parmi les meilleures. Elle a essayé de me mettre de la poudre sur le visage puis elle m'a dit que non, décidément, je ne pouvais pas.

Après, il y a eu une fête et elle s'est mise à rire de moi avec une élève. C'est là que j'ai senti la haine la plus forte. J'ai compris que cela existait, la haine, et qu'elle pouvait enfin m'obéir et sortir de moi. Il suffisait de l'appeler. J'ai appelé cette force pour qu'elle vienne me secourir et je me suis jetée sur la sœur pour l'étrangler. Elle était petite, et grosse, et sans ressort et elle est tombée par terre. J'ai continué à l'étrangler, en lui disant tout bas que je voulais la tuer. Je voulais le faire moi-même. Je pouvais le faire. Mais toutes mes petites compagnes détestables m'ont arrachée à elle et, bien sûr, elle n'est pas morte. Ça n'avait d'ailleurs pas d'importance. Ce qui en avait, c'était la force avec laquelle je voulais, moi, la tuer.

À mon retour, j'ai vu une grande flamme monter derrière la maison ; mon père avait grimpé à une échelle pour mettre le feu aux nids de chenilles.

— Tu vois, il m'a dit, il n'y en aura plus.

C'était mon cadeau de fin d'année.

J'arrête ici. Il ne faut jamais en dire trop. Ainsi, j'en ai déjà assez dit sur la fois, la seule fois où j'ai vraiment failli tuer quelqu'un.

LA LIGNE DE TIR

Dans un bar, il faut toujours que tout soit parfaitement rangé. La fille qu'on appelle la barmaid remet constamment les bouteilles à leur place en passant. Si quelqu'un lève le bras à l'autre bout du comptoir, elle se dirige vers lui et en profite pour remettre une bouteille à sa place. Elle ne fait jamais de « voyage vide », comme elle l'a appris en grimpant l'escalier chez sa mère.

Ceux qui font clic avec les doigts pour l'appeler, elle leur jette un regard en passant un linge sur la caisse. Ses gestes sont précis, tout en elle est précis et sérieux.

J'ai tenté moi aussi de la surprendre, de la regarder droit dans les yeux. Mais vous voyez, il n'y a rien pour nous dans ce regard. Les autres comprennent et retournent s'asseoir à leur place. Moi aussi, j'ai compris. Mais je reste assise sur le tabouret et j'observe la fille pour qui tout doit continuer à briller.

Je la contemple ainsi depuis plusieurs soirs d'affilée. Je l'admire. Parce qu'elle est belle et mince et qu'elle fait tout avec tellement d'exactitude. Je dis mince, mais je pourrais dire maigre. On devrait dire maigre. On devrait voir les choses, puis les dire comme elles sont. Si maigre. Si confiante. Si abritée et protégée qu'à la fin, c'est presque à nous de la servir. Quand les autres lui donnent un pourboire, je lis dans leurs yeux : « Est-ce assez ? Est-ce assez ? » Nous sommes une fiction, et c'est peut-être ce qui la protège elle, la fille du bar. Parce qu'enfin, ça ne manque pas de réalité derrière le comptoir.

Une petite accalmie et elle tambourine sur la caisse. Une autre fille vient la rejoindre, un léger bécot sur la joue, et elle se tourne vers le miroir pour se remettre du rouge à lèvres. Elle ne sourit jamais. L'autre ramasse ses cheveux en chignon sur sa tête.

À mon tour, je tambourine sur mes cuisses. Bela Fleck fait parler son banjo d'une manière étonnante, très joyeuse, et je tente de m'en remettre corps et âme à ce qui se passe sur la scène. Je me lève même pour danser dans l'allée. Johanne, Claude, Daniel : ils passent près de moi et me crient des mots à l'oreille. Je réponds, je suis là, j'adore le spectacle. Mais quand je me rassois, n'existe plus, encore, que la fille qui travaille au bar.

Elle vient maintenant vers moi pour me porter la bière que j'ai commandée. Les autres sont soudain tous derrière mon dos et s'agitent pour qu'elle s'aperçoive de leur présence. Ils ont si soif. Il fait si chaud. C'est le festival de jazz et ils ont encore trois spectacles à voir ce soir. Ils se sentent courageux, présents. Ils sentent qu'ils font partie d'un groupe. Sont-ils des artistes? Ils sentent qu'ils sont des artistes. Et ils sont patients, ils attendent que la fille les regarde. Mais pour l'instant, c'est à moi seule que son regard est destiné.

Elle me tend la bière en ne me quittant pas des yeux. Pour la première fois, elle me retourne mon regard. Elle insiste. Elle s'obstine. Et dans ses yeux, entre ses yeux et les miens, il y a une distance folle en train de se matérialiser. Exactement ça: une distance folle, anormale.

Les autres attendent encore dans mon dos. Certains reculent parce qu'ils ont senti la menace. Puis quelqu'un me demande enfin de lui faire signe, à elle. Mais ça, je ne peux pas le faire. Je ne peux pas parce que les autres sont les autres et moi, sur mon tabouret, je ne suis pas tout à fait moi. Je suis sur la ligne de tir.

La fille maigre me fixe toujours quand un serveur s'approche et la prend par la taille. Si petite. On voit très bien l'os de sa hanche pointer à travers ses jeans. La fille au chignon les rejoint aussitôt et se place entre les deux. Ils se tiennent tous les trois par les épaules. Ils forment une barrière solide, un bloc dans la réalité derrière le comptoir.

Le spectacle n'est pas fini et, puisqu'il faut parfois choisir, quitter une forme d'obsession pour une autre, je me lève une dernière fois pour danser dans l'allée. Je danse. Je danse. Puis je m'enfuis avant la fin du deuxième rappel. Je passe à travers la foule. Personne ne me suit. J'entre dans la boutique de la Place des Arts et je demande s'il y a un banjo. Il y en a un. C'est cher. Mais j'ai choisi. J'achète le banjo et je m'en retourne chez moi.

QU'Y A-T-IL À L'INTÉRIEUR?

L'amour est venu me rejoindre à la fin du mois de septembre, mais j'ai commencé à m'imprégner de cette histoire bien avant qu'elle n'arrive.

J'avais passé tout l'été à rêver d'un endroit où l'on n'a jamais besoin de ramasser les objets qui traînent dans la cour. Tous les soirs, j'arrosais les fleurs, puis je rangeais les jouets, les meubles, les livres, enfin tout ce qui se trouvait sur la pelouse. Je portais un pyjama très sexy et les voisins m'épiaient parfois tandis que je refermais la porte du garage. J'avais la plante des pieds toute noire et je m'étendais sur le divan avec ces pieds et ce pyjama qui donnaient une étrange texture à mes soirées.

Au milieu du mois d'août, je suis tombée amoureuse d'un chanteur comme une adolescente. La voisine d'en face venait justement de me dire que j'avais l'air d'une jeune fille. Sur le divan, chaque soir, je sentais qu'un espace s'ouvrait à l'intérieur de moi. Je changeais.

Je me suis mise à attendre. Le facteur, l'arrivée de l'automne, n'importe quoi. J'attendais. Je pouvais passer des heures assise à attendre. J'étais accaparée par cette sensation. C'était l'attente, pure, dure, de rien.

Je suis vite devenue étrangère dans ma propre chambre. Des personnages me faisaient débattre le cœur la nuit. Quand j'étais seule à la maison, je mettais le disque du chanteur aimé, et je dansais. C'était un geste, le seul auquel j'appartenais complètement.

Un soir, le téléphone a sonné. C'était Sophie : il fallait qu'elle me parle. Une heure plus tard, elle arrivait avec six bières importées dans un sac brun. J'ai pris le sac et j'ai étalé les bières en une rangée sur la table entre nous. J'en ai ouvert deux et j'ai sorti la bouteille de porto que j'ai laissée sur le comptoir pour plus tard. J'ai dit : « Je suis prête, vas-y. »

Je savais déjà ce qu'elle avait à me dire. J'attendais qu'elle finisse d'arracher l'étiquette de la bouteille qu'elle tenait dans sa main. Elle a fini par en faire une petite boule que j'ai prise et que j'ai lancée dans l'évier. Je sais viser. Ça peut toujours servir.

Sa voix contenait une légère excitation comme si elle avait le trac pour quelque chose de long à venir. Je connaissais ce trac. Je lui ai demandé si elle était sur le point d'avoir une aventure. Elle s'est mise à rire :

— Aventure, tu parles d'un mot !

J'ai commencé moi aussi à déchiqueter l'étiquette de la bière qui se trouvait devant moi.

Je n'en croyais pas mes oreilles : c'était déjà fait ! Une fois dans un motel, une fois dehors, dans un parc.

J'ai compris qu'elle avait besoin de me parler à moi parce que j'étais l'amie à qui cela arrive toujours. Dans un parc. Dans un bureau. Au pied d'une église. Sophie, elle, était plutôt du genre à freiner ses désirs. Elle avait une entente si parfaite avec son « mari ». Pas comme moi ; c'est ce qu'elle me répétait à la moindre occasion.

J'ai ouvert deux autres bouteilles. J'ignorais par quelle question je devais commencer.

C'était un accident. Tout allait bien avec Julien, alors c'était un accident.

L'autre était marié lui aussi, père d'un grand garçon.

J'ai compté : avec les deux miens et les deux de Sophie, ça faisait cinq. Je ne sais pas pourquoi j'ai pensé ça. Je me sentais probablement touchée.

J'ai ouvert une troisième bouteille.

Pendant qu'elle parlait, j'essayais de trouver l'homme de mon entourage avec qui il pourrait se passer quelque chose. Je ne voyais rien ni personne. Rien de séduisant entre moi et les autres. Un lien entre moi et un autre pouvait toujours produire de tristes dégâts.

Sophie voyait tout cela d'une façon légère. Elle n'était pas encore en danger.

115

— Et l'amour?

— Quoi, l'amour?

— Rien.

J'ai ouvert la bouteille de porto.

Plus tard, Sophie partie, j'ai pu enfin m'étendre sur le divan et continuer à boire, seule avec ma question : « Et l'amour? Est-ce qu'il y a de l'amour? » L'attente était toujours en moi, à peine modifiée.

Le mois de septembre est arrivé. Nous sommes retournées enseigner. Les élèves posaient beaucoup de questions. À la récréation, ils nous suivaient par petits groupes dans la cour de l'école. La cloche sonnait et Sophie n'avait jamais le temps de tout me raconter.

À la fin du mois, je suis allée passer trois jours à Québec. Seule. J'ai loué une chambre d'hôtel et j'ai appelé quelques amis. Je ne pensais plus à Sophie ni à son amant. Je ne pensais plus à rien. J'avais simplement envie d'oublier la maison, le désordre, et tous ces objets qui traînaient encore dans le jardin.

Dès le premier soir, dans ma chambre, pour la première fois depuis des semaines, j'ai senti que l'attente de rien avait disparu. C'était une pause. Mais le téléphone a sonné.

Mes amis étaient en bas, dans le hall de l'hôtel, et m'invitaient à venir les rejoindre.

Je me suis habillée, maquillée ; je me suis regardée d'une façon compulsive dans le miroir. Les portes de l'ascenseur se sont ouvertes et j'ai vu Hélène, puis Serge, puis René. Et quelqu'un que je n'ai pas reconnu immédiatement.

Hélène a dit :

— Je crois que tu connais Antoine ?

J'ai dit :

— Oui.

Et j'ai commencé à tirer sur la manche de mon chandail.

Il me souriait. Il donnait l'impression de me connaître beaucoup. Trop. Nous étions descendus au même hôtel.

Je continuais à triturer la manche de mon chandail pendant que les autres décidaient d'un endroit où aller.

Nous sommes sortis pour manger, ensuite nous sommes tous revenus au bar de l'hôtel. Il était déjà tard. Je n'étais pas fatiguée.

C'est ici que l'histoire se réchauffe, que l'attente commence à signifier quelque chose. Dans le passé. Et dans l'avenir. Les deux liés.

Antoine parlait tout le temps à Hélène et je croyais, je voulais croire qu'il ne s'intéressait pas à moi. Moi non plus, je ne m'intéressais pas à lui. Je m'absorbais totalement dans la conversation que j'avais avec Serge et René. Totalement. Jusqu'à ce qu'on change de place pour s'éloigner de l'orchestre.

Il s'est assis près de moi et là, je me suis vraiment retrouvée ailleurs, dans un tournant diffus et pour l'instant sans nom.

Je n'ai donc pas pensé une seconde à ce qu'il avait dans la tête, lui. S'il voulait. S'il pouvait dire non. Bien sûr, on pourra toujours supposer qu'il n'y était pour rien, qu'il était juste assis à côté d'un précipice et que rien de tout cela ne lui avait effleuré l'esprit. Mais il n'a pas dit non. Quand je me suis tournée vers lui et que je lui ai demandé : « Pourquoi tu ne m'embrasses pas ? », il n'a rien dit. Il m'a embrassée. Le précipice était tout près et je voulais y aller. Pas tomber. Seulement survoler. Pour une heure. Pas même une nuit.

Ça aurait pu être une comédie. Les deux ou trois premières minutes, j'ai cru que c'était une comédie, que n'importe qui aurait pu prendre sa place et que tout cela se passait entre moi et moi. Mais nous embrasser était un geste décalé, en avance sur l'intention, en avance sur nous. Après, rien n'a pu suffire. Le précipice, le vertige étaient en nous, pas à côté.

La musique jouée par l'orchestre était épouvantable, la chanteuse chantait comme un pied et, même de loin, nous étions envahis par sa triste tentative. Il faisait très noir, les autres continuaient à discuter autour de nous. Antoine me souriait encore, je cherchais sa bouche, je la prenais.

Il est venu me reconduire à ma chambre. Il faut dire qu'à ce moment, je n'étais pas certaine du tout de pouvoir trouver le trou de la serrure ni même la clé dans mon sac. Il a fouillé et l'a trouvée dans la poche de mes jeans.

Je me suis jetée sur le lit et j'ai dit : « Laisse-moi dormir, s'il vous plaît. » Il a dit : « Laisse-moi dormir ici. » Il s'est étendu sur moi en souriant. Il souriait tout le temps. Il m'embrassait tout le temps.

J'ai dit : « S'il vous plaît. Je ne suis pas capable de dormir avec quelqu'un. »

C'est alors qu'il a vu les photos de mes enfants alignées sur la tête du lit. Il y en avait une vingtaine. En plus des dessins de la plus grande partout sur le mur.

Ça lui a coupé le souffle. Il venait d'entrer dans un monde plein de résistance et d'abandon.

Je suis allée à la salle de bains, j'ai enfilé un grand t-shirt et je me suis glissée entre ses bras. La tête me tournait. Il a commencé à me caresser mais la tête me tournait. C'est là que je me suis mise à pleurer. Une défense. Un abandon. Je voulais dresser un mur devant moi. J'ai pleuré. C'est un cliché, mais je ne me suis pas sentie ridicule. Pourquoi une fille de trente-cinq ans se met-elle à pleurer dans une chambre d'hôtel, à cinq heures du matin, dans les bras d'un inconnu ? Parce qu'elle a trop bu. Et parce qu'elle voit maintenant sa solitude devant elle comme un corps étranger.

Il m'a consolée sans rien dire. Je ne voyais plus que ce mot : consoler. Je laissais tomber un fardeau et je voulais qu'il mette sa main dans le vide laissé par ce fardeau.

J'ai pensé dire « je t'aime », et je l'ai dit. Ça ne s'adressait à personne.

Il s'est déshabillé et s'est étendu avec moi sous les couvertures. Puis, quand il m'a cru suffisamment endormie, consolée, apaisée, il s'est rhabillé et a quitté la chambre.

Dans la minute qui a suivi son départ, j'ai cru très fort que personne, personne n'avait jamais été aussi gentil avec moi. Ce qui n'est pas vrai, bien sûr.

Je me suis réveillée quatre heures plus tard et j'ai composé le numéro de sa chambre. Il attendait mon appel, les yeux ouverts dans le noir. Comme moi, il n'avait pas encore osé tirer les rideaux.

Nous nous sommes rejoints en bas dans le hall et nous sommes sortis. Il fallait prendre l'air. Il fallait maintenant que la tête cesse de nous tourner.

— Hier, j'ai dit que je t'aimais.

— Oui, tu l'as dit.

C'était comme nous embrasser. Une phrase décalée, en avance sur moi. J'avais dit « je t'aime », ce qui voulait dire « je veux t'aimer ». Quelques semaines plus tard, cela voudrait dire « je vais t'aimer. » Donc, je l'aimais.

Nous avions déjà compris tous les deux qu'il n'était pas question de coucher ensemble. Pas maintenant. Peut-être jamais? Nous étions un peu surpris.

— Pourquoi? Pourquoi nous ne le faisons pas? je demandais.

— Parce que c'est comme ça, il disait.

C'était là que résidait le danger. Pas dans le désir, mais dans notre volonté de ne pas céder au désir. Nous avions déjà notre langage. Plus tard, ne pas céder au désir, cela deviendrait : attendre, attendre, souffrir et faire durer le plaisir.

Ainsi, le deuxième soir, j'ai encore dormi seule dans ma chambre, sous les regards curieux de mes enfants. Il en avait un lui aussi, un petit bébé. J'essayais de ne pas m'y arrêter. La veille, il m'avait dit que tout allait bien pour lui, qu'il était heureux, avec sa femme, son enfant. C'était vrai, je suppose.

Je me suis endormie en comptant : les deux miens, le sien, ceux de Sophie et de son amant, ça fait six. Il y avait là quelque chose de léger et de reconstituant.

Le lendemain, c'est lui qui m'a réveillée. Sa voix était douce. Je commençais à me sentir envahie.

Je devais rentrer à Montréal ce jour-là, et lui aussi. Nous n'en parlions pas.

Puis dans le stationnement, appuyés tous les deux sur ma voiture, dans son oreille :

— Reste, s'il vous plaît, reste.

Je l'embrassais. Je le suppliais.

Et quand nous nous sommes finalement séparés, je me suis sentie soulagée. Débarrassée de moi-même. Je lui disais « reste, restons », mais ça voulait dire : « reste, va-t'en. »

J'ai conduit sans m'arrêter jusqu'à la maison. J'ai ouvert la porte et les enfants m'ont accueillie avec tellement de joie que je n'y ai plus pensé. Il ne s'était rien passé.

À l'école, je suivais toujours le programme ; nous en étions aux comparaisons et au thème de la pomme. Aucun des enfants ne pensait dire : « Encore les pommes ! » Mais moi, dans la cour de récréation, je rejoignais Sophie en levant les yeux au ciel : « Encore le thème de la pomme ! » Le mois d'octobre était commencé. J'avais coupé les fleurs et rangé pour de bon tout ce qu'il y avait dans la cour. J'étais en avance sur la saison. Seule une petite fille pleurait encore tous les matins et je parlais souvent au téléphone avec sa mère.

Un jour sur deux, j'appelais François à son travail pour savoir s'il était là, et si nous existions vraiment. Il rentrait le soir quand j'étais couchée, et le jour, il se levait souvent quand nous étions tous prêts à partir. Je ne lui faisais plus de reproche. Je n'avais aucun reproche à lui faire. J'étais seule. Je m'étendais le soir sur le divan, vaguement excitée par un désir que j'avais cru bon oublier. L'attente était revenue.

Au bout d'une semaine, j'ai donné rendez-vous à Sophie dans un restaurant. À peine assise à notre table, j'ai dit :

— Moi aussi.

— Quoi, toi aussi ?

— Moi aussi, j'ai failli avoir un amant.

— Toi ? Failli ?

Le serveur m'a regardée en souriant.

Je me suis donc lancée dans la narration de cette histoire comme j'allais me lancer dans l'histoire elle-même : me précipitant hors de moi. Plus je parlais, plus j'étais énervée. En parlant, en nommant les choses, un passage s'ouvrait enfin. Qu'y avait-il à l'intérieur ? Je ne le savais pas encore. Ce qui comptait, c'était la forme : un tout qui allait m'engouffrer.

J'y suis allée dans les moindres détails : il a dit ça, on n'a pas pu manger, il a vu les photos, il est heureux, j'ai mis ma main dans sa poche, il faisait froid, j'avais mal au cœur, j'avais la peau toute irritée à cause de ses baisers, il m'a rappelé toutes les fois où il m'avait vue avant, avant...

— Et vous n'avez rien fait ?

— Rien. C'est ce qui pouvait arriver de pire.

J'étais sûre qu'à force d'en parler, Antoine allait arriver. Mais maintenant que j'avais tout dit, une chose était claire : il n'avait pas encore donné signe de vie et désormais, c'est en lui que s'incarnait mon attente.

Je suis rentrée passablement tard et François dormait sur le divan. Il avait pris ma place. Je suis montée à la chambre, j'ai mis le même grand t-shirt dans lequel j'avais dormi à Québec. J'étais chaude. J'avais peur d'avoir tout inventé. Après tout, il ne s'était rien passé.

J'étais vraiment chaude. J'ai pris ma température et le thermomètre a grimpé à 102. J'avais besoin d'une récompense, alors je me suis concentrée pendant d'interminables minutes jusqu'à ce que je sente ses baisers sur ma joue.

Ses baisers m'apparaissaient parfois comme une collection de petits coquillages. Je les redonnais aux enfants.

Une autre semaine est passée.

Plus une autre fin de semaine.

Et le lundi midi, il était là, il m'attendait à la sortie de l'école.

Qu'est-ce que je portais ce jour-là ? Un veston noir avec des boutons dorés. Il faut tout se rappeler. Le moindre signe. Je portais ce veston noir et pas de rouge à lèvres. J'étais pâle. Déracinée.

Les enfants sont passés en trombe devant moi en criant : « Le premier arrivé est une poule mouillée ! » C'était leur nouveau thème à eux.

J'ai regardé Antoine droit dans les yeux.

Puis, j'ai dit :

— Bonjour.

Puis :

— Qu'est-ce que tu fais là ?

J'avais presque envie de le vouvoyer. J'avais envie de courir m'enfermer à l'intérieur.

Il a dit :

— Tu es pressée ?

J'ai dit :

— Oui.

Puis, en souriant pour la première fois :

— Est-ce que j'ai l'air d'une maîtresse d'école ?

— Oui, tu as l'air d'une maîtresse d'école.

Je tenais les clés de la maison dans une main.

Il a dit en riant :

— Tu es sûre de pouvoir ouvrir la porte toute seule ?

Ensuite, il est reparti.

J'ai préparé le dîner. Simon et Marielle trouvaient que j'avais un drôle d'air et je leur ai dit que j'avais vu un fantôme.

— Le monsieur au coin de la rue ?

J'ai appelé Sophie pour lui raconter ce qui venait d'arriver parce que je ne pouvais pas attendre. Je ne pouvais plus attendre du tout. En parlant, j'avais une main sous mon chandail et je me caressais les seins. C'était doux. Ça me rassurait. J'étais si impatiente.

Le soir, le téléphone a sonné une première fois, c'était Antoine. Il avait oublié de me donner rendez-vous.

Un peu plus tard, le téléphone a sonné une deuxième fois, c'était Johanne. Elle venait de faire la rencontre d'un homme marié, trois enfants.

J'ai compté : trois filles, deux « maris », trois femmes légitimes, trois amants, onze enfants. Je voulais que les choses soient claires, bien définies.

J'ai dit :

— Est-ce que tu l'aimes ?

Elle a dit :

— Comment ça, aimer ?

J'ai raccroché.

J'étais la seule des trois à employer ce verbe. Je l'employais peut-être pour rien ? Et elles, peut-être qu'elles se taisaient pour quelque chose de beaucoup plus grand ?

C'était vendredi et j'avais hâte. J'étais déjà obsédée.

Je suis arrivée en avance au rendez-vous, habillée tout en noir : jupe, collant, chandail de velours noir.

Il n'avait jamais senti mon parfum et c'est la première chose qu'il a remarquée. Il l'aimait. La soirée pouvait continuer.

Nous sommes allés dans un restaurant, le plus loin et le plus incognito possible. Nous avons à peine mangé, mais beaucoup bu. Beaucoup parlé.

Je voulais tout comprendre. Tout de suite. Je voulais savoir s'il était amoureux de sa femme. Il m'a répondu qu'il était amoureux de moi et de son enfant. Ça ne voulait pas dire grand-chose, sauf que je n'étais pas comprise dans l'amour qu'il éprouvait pour son enfant. Sa femme, oui. Donc, il l'aimait?

J'aime vraiment que les choses soient simples. Si c'est trop compliqué, j'appuie sur la réalité, je fonce sur elle jusqu'à ce qu'il en sorte une petite goutte d'eau claire, limpide.

J'ai entendu qu'il était amoureux de moi et sa femme s'est immédiatement désincarnée. Elle était un prénom, Catherine, avec lequel il vivait. Antoine et Catherine avaient un enfant, ils recevaient des gens, ils payaient leurs dettes, etc. C'était tout.

Nous nous sommes revus à plusieurs reprises. Nous buvions toujours trop, et nous parlions sans cesse du moment où on ferait l'amour pour la première fois. Plus on en parlait, plus le désir semblait vouloir en rester là.

Un après-midi, il m'a fait jouir sur la banquette arrière de la voiture. Puis une nuit, encore. Nous étions stationnés derrière une église, le moteur roulait et les vitres étaient pleines de buée. Dehors, il faisait froid. Il y avait encore un peu de lumière derrière une des fenêtres de l'église.

Je me laissais faire. Il ne s'abandonnait pas. Moi, si.

Je m'abandonnais. Ensuite, sa présence me tenait éveillée toute la nuit. Le lendemain, j'appelais Sophie, puis Johanne, et je racontais tout.

Très vite, le temps s'est ainsi divisé en deux : les jours avec lui, et les jours désœuvrés avec les filles.

Les filles étaient seules, surtout Johanne et moi. Nous parlions au téléphone deux ou trois fois par jour et nous étions, en une partie de nous-mêmes, des filles esseulées, insatisfaites de l'amour reçu.

La fois où il a décidé de louer une chambre d'hôtel quelque part, c'était la fois, la seule, où je ne m'y attendais pas.

Il est descendu de la voiture en disant :

— Apporte tes copies, je vais t'aider à les corriger.

Je ne voyais pas où il voulait en venir, mais le fait est que nous sommes entrés dans un hôtel avec nos valises de travail. C'est ce qu'il voulait. Il souhaitait cette mise en scène : nous, en train de travailler, assis sur un lit, avec la télé ouverte et une bouteille de porto qu'il avait achetée juste pour moi.

Nous sommes entrés dans la chambre et je me suis étendue sur le lit.

J'ai enlevé mes souliers et il m'a regardée en souriant.

Il a dit :

— Tu peux garder tes chaussettes.

À Québec, il avait remarqué que j'avais toujours les pieds gelés et que je m'endormais avec mes bas. C'était la première phrase vraiment amoureuse qu'il me disait, à cause du timbre de sa voix et de sa façon de me regarder et, à cet instant, j'ai eu une conscience tout à fait nette de ce qui m'accaparait depuis des semaines, des mois.

Le lendemain, tout ce que j'ai trouvé à raconter aux filles, c'est :

— Il m'a dit que j'étais la meilleure chose qui lui était arrivée. De sa vie.

Ça, c'était quand même difficile à avaler. Nous étions toutes les trois d'accord là-dessus.

Johanne recevait des lettres enflammées, moi, j'avais des paroles et des gestes, et pour Sophie, c'était seulement des gestes.

Nous ne disions jamais le mot amant. Il n'était pas question non plus d'être les maîtresses d'hommes mariés. Nous voulions tout, même Sophie qui avait déjà presque tout.

Le téléphone sonnait, je décrochais, c'était Johanne, ou Sophie :

— Marie, c'est moi.

— Ça ne va pas ?

— Non. J'attends encore qu'il m'appelle.

Nous disions « il », et nous attendions. Nous refusions d'être des filles qui attendent, mais c'était ça la faille : tout le monde attendait, même les hommes. Une minute de retard et chacun inventait le pire scénario.

Dans la réalité, c'est moi qui étais le plus souvent en retard. Il y avait toujours une idée de vengeance, très légère, et très très enfouie au fond de mes actes. Il fallait qu'il paie pour l'amour que j'éprouvais.

Je l'insultais. Je le poussais au pied du mur. Les filles disaient : « Arrête, il va partir. » Mais il restait.

Dès qu'il sentait que je lui échappais, il me rattrapait avec une de ses phrases mirages qui avaient tout saisi et qu'il semait comme des cailloux de Petit Poucet. Il retrouvait son chemin vers moi. Mais pas complètement : les phrases, les cailloux, je les mangeais, ils disparaissaient.

Plus tard, le téléphone sonnait encore, c'était lui :

— Dis ce que je ne peux pas dire.

— Quoi ? Que tu m'aimes ?

— Oui. Et les autres choses, dis les autres choses aussi.

— Je les dis.

Pendant tout le mois de novembre, nous nous sommes vus chaque fois que c'était possible. Quand nous n'avions qu'une petite heure, nous visitions le centre d'achats le plus affreux qui se trouvait sur notre chemin. Personne ne pouvait nous surprendre. Je m'appuyais contre un mur, ou sur une machine à boules dans une arcade, et c'était le plus long baiser, si long, si plein que le mur commençait à s'effriter derrière mon dos.

Nous n'avons d'ailleurs jamais fait attention. Nous n'avons pas agi comme un couple illégitime. Antoine me tenait toujours la main. Il s'arrêtait au coin d'une rue près de chez lui pour me serrer dans ses bras. Il entrait dans un magasin pendant que je l'attendais dans la voiture, puis, en ressortant, il disait :

— Le bureau de Catherine est juste à côté !

Le désir aussi s'était accéléré et maintenant, il était lié à l'air froid et humide, à des exclamations muettes devant la porte d'une chambre.

Nous avions fini par trouver un endroit qui nous convenait : un motel au bord de la grand-route, loin, pas cher, des chambres pour une sieste avec des miroirs et des films porno. J'aimais surtout les miroirs. J'aimais voir mon corps comme celui de quelqu'un d'autre : j'ouvrais les yeux, je me voyais de très proche et ce plaisir était à moi, juste à moi.

Je revenais à la maison, et je m'enfermais dans la salle de bains pour sentir son odeur sur ma peau, notre odeur, sur mes mains. Je ne me lavais jamais tout de suite. Je gardais tout comme un trophée, un emblème.

Les filles commençaient vaguement à s'énerver. Noël était proche : il fallait faire des courses, filer à travers la ville, rejoindre l'homme aimé et revenir à la maison les mains vides.

Johanne et moi passions notre temps à faire des listes. Chaque jour, les items changeaient d'ordre d'importance et de grandeur. Nous n'arrivions pas à choisir.

Sophie avait fini par me dire qu'elle était amoureuse. Elle ne lui avait pas encore dit, à lui. Elle s'était entraînée devant moi et ses paupières s'étaient mises à trembler.

La solution réside parfois dans des mots écrits ; je lui ai donc conseillé d'écrire «je t'aime» au bas d'une lettre, à la suite d'une série de phrases anodines. Elle l'a fait.

Après, il y a eu Noël, les vacances, et nous sommes tous tombés au fond d'un puits d'incertitude.

Le soir où la femme d'Antoine a repris corps, c'était quelque temps avant Noël. Je n'arrive pas à bien le situer.

Je savais que les vacances approchaient, ce qui voulait dire ne pas nous voir pendant des jours. J'avais peur, mais j'étais encore à l'abri.

Ce soir-là, nous avons loué une chambre dans un hôtel du centre-ville, trop pressés pour traverser le pont et aller dans notre motel au bord de la route. C'est un détail important parce qu'à la fin, cet endroit nous a rejetés. Nous avons fait l'amour et le plaisir a été plus joyeux que d'habitude. C'est cette joie, cette légèreté qui, après, m'a fait poser une question prise sous la glace. J'ai eu la réponse. Ensuite, la glace a cédé, et cet endroit nous a complètement avalés avant de nous rejeter.

Je me suis assise en tailleur sur le lit et j'ai demandé en souriant comment c'était avec sa femme. Je souriais parce que ce n'était encore qu'un jeu et que je ne pensais pas qu'il pouvait vraiment y avoir une réponse. Mais cette question en cachait une autre, et quand il a répondu, une image est passée devant mes yeux et m'a rendue aveugle. J'ai pris un oreiller dans mes bras pour tenter de rester à l'abri. J'ai caché mon visage. Après, je ne me rappelle plus trop dans quel ordre et dans quel sens les choses se sont déroulées.

J'ai compris qu'il avait fait l'amour avec elle peu de temps avant et cette image me bloquait la vue. Je ne savais plus où j'étais. J'ai demandé pourquoi il avait fait ça, et bien sûr cette question-là non plus n'avait aucun sens, mais pour moi c'était maintenant le seul sentiment que je connaissais. La jalousie. La solitude. Pourquoi avait-il fait l'amour avec elle? Et pourquoi n'avais-je jamais envisagé qu'il le fasse, qu'il fasse une chose aussi banale, aussi évidente? Pourquoi?

Parce qu'il en avait envie.

C'était simple. Et moi, j'aime les choses simples.

Il s'est levé brusquement pour aller à la salle de bains, et dans sa hâte, il a fait tomber les deux verres de vin qui se trouvaient sur la table de chevet. Comment ont-ils pu se briser en tant de petits éclats sur un tapis, je ne sais pas. Seulement, des éclats de verre, il y en avait du lit jusqu'à la porte et il n'était pas question de mettre les pieds par terre. Il y avait aussi beaucoup de sang sur les draps, et je ne savais plus du tout comment me sortir de là. Je ne bougeais pas. Je pleurais. J'étais prise dans ma série noire, objets brisés, mensonges, trahison, et Antoine, quoi qu'il fasse, n'arriverait plus à m'atteindre. Il m'a rejointe, a lavé le sang sur mes cuisses, a essayé de me prendre dans ses bras. Mais il ne pouvait plus m'atteindre.

— Qu'est-ce que tu veux ? Qu'on laisse tout, tout de suite ? C'est ça que tu veux ?

Je ne voulais rien. Je voulais juste retourner chez moi, redevenir la fille sans besoin que j'étais avant, avant qu'une place se vide à l'intérieur de moi, et avant qu'elle se remplisse à nouveau d'illusions.

Nous nous sommes habillés en silence, la chambre était devenue toute noire, elle nous poussait à partir.

J'ai dit : « On ne ramasse rien. »

Il m'a prise par les épaules, il voulait me secouer, faire sortir les images et la déception qu'il y avait dans ma tête. Mais moi, j'avais décidé d'être dure.

Nous sommes partis.

Je voulais être chez moi. Vite. Je voulais souffrir comme il faut de la jalousie, et je voulais en profiter pour fuir et cesser d'aimer.

J'ai dit : « Je m'excuse. S'il vous plaît, excuse-moi. »

Mais je n'en pensais rien. Je ne comprenais rien. Je ne veux pas comprendre pourquoi l'amour n'est jamais assez fort.

Jusqu'à Noël, ensuite, ce sentiment n'a fait qu'empirer. J'étais hors de moi. Je n'arrivais plus à bien me percevoir. Au téléphone, je lui disais : « Tu me manques », et s'il répondait : « Déjà ? », je l'entendais comme une trahison. Je raccrochais et les enfants arrivaient près de moi pour me faire un massage dans le dos. « Peut-être qu'elle est malade ? », disait le plus petit à la plus grande. J'étais malade. J'étais certainement malade.

C'est dans cet état que je me suis attaquée à Noël. Puis aux vacances de Noël.

Sophie avait affirmé que c'était normal qu'il couche avec sa femme.

— Je le fais bien, moi !

J'avais répondu :

— C'est justement ça, c'est tellement normal.

Mais ça n'avait plus rien à voir. Quand l'amour est présent, c'est encore là qu'il me manque le plus.

Pour ce qui est des vacances de Noël, Sophie et moi étions d'accord : « Une chance que les enfants

sont là ! Et la boisson. La boisson va nous aider !»
Nous le disions en riant — deux filles de banlieue
avec des bouteilles cachées ! —, mais dans mon cas,
c'était vrai. À petites doses, l'alcool m'a beaucoup
aidée.

Le 23 décembre, je suis sortie de la voiture
d'Antoine pour entrer tête première dans la vie de
famille. Il neigeait. Mes cheveux étaient pleins de
petits flocons. Je suis apparue au salon en criant aux
enfants : «C'est demain la veille de Noël !» J'ai eu
l'air vraiment excitée. J'ai foncé dans la cuisine
pour me servir une première bière. La bouteille de
porto était vide.

J'ai appelé Sophie, puis Johanne pour leur dire
que c'était fait, que j'avais dit au revoir à Antoine
pour deux semaines. Je n'ai pas pu m'empêcher
d'ajouter : «Peut-être pour toujours.» Sophie a répondu qu'ils allaient probablement tous retrouver
leur femme et leur raison. Johanne n'a rien dit. Elle
pensait à ses enfants qui allaient bientôt partir chez
leur père.

C'était la fin du monde pour chacune de nous,
mais nous avons bien sûr réussi à passer au travers.
Après ces deux semaines, j'étais même devenue
moins vulnérable. Pour Antoine, c'est exactement
le contraire qui s'est produit.

— Tu as changé.

Ça ne signifiait rien de définitif puisque je passais mon temps à changer depuis le début. Là, je le
quittais avec le sourire, je m'étais retirée de la pe-

santeur. Surtout, je ne lui parlais plus de sa femme. Je lui parlais de François. Mais pas de sa femme. Il n'était pas jaloux. Il avançait ? Je ne bougeais pas.

Quelques semaines plus tard, il a fallu me rendre à l'évidence : tout recommençait. Il a senti que je lui échappais et il est venu me reprendre là où je pouvais si bien m'abandonner. Il a franchi la distance que j'avais créée entre nous. Entre moi et une autre moi.

Johanne est la première pour qui l'histoire d'amour a pris fin. Ensuite, ç'a été au tour de Sophie. Les hommes avaient retrouvé la raison.

C'était un signe. J'ai ressorti mes armes pour les retourner contre moi. Une manière de les polir. J'allais si bien me préparer que je ne sentirais rien. Un avenir négatif brillait devant moi.

Au téléphone, Johanne m'avait simplement dit : « C'est fini, terminé. » L'amour avait semblé s'évaporer du corps de son amant comme une volute de fumée. Une très petite affaire.

— À quand ton tour ? m'avait-elle demandé.

— Jamais ! j'avais répondu après avoir raccroché.

Peu de temps après, Sophie arrivait avec son visage tout blanc :

— Comment on fait pour souffrir ? Comment il faut faire ?

Elle avait peur. Je ne l'avais jamais vue avec des yeux tristes. Et je repensais à la question de Johanne : « À quand ton tour ? »

J'étais la seule au début à avoir parlé de l'amour. À la fin de l'été, je voulais aimer. Je voulais avoir besoin de quelqu'un. Des mois plus tard, j'ouvrais l'amour pour voir ce qu'il y avait à l'intérieur et je demandais à un homme de me toucher, de m'abîmer. J'étais la seule à parler de l'amour. Maintenant, je ne savais plus trop ce que j'y gagnais.

Ça se passait n'importe où : chambre d'hôtel, voiture, escalier, toilettes, divan, chambre encore (la mienne !), jour, soir, demi-heure, heures entières... n'importe quoi !

Nous étions intoxiqués ; c'est comme ça qu'Antoine nommait l'état de manque perpétuel dans lequel nous étions maintenant plongés. Intoxiqués voulait dire à ce moment-là : incapables de résister. Et plus tard, ça voudrait dire empoisonnés ?

Au mois de février, nous avons examiné l'avenir sans vraiment y toucher. C'était un lundi midi, dans le soleil, Antoine faisait tourner son verre de vin sur la nappe blanche.

— Et si je recommençais à y croire ?

Il y croyait.

— Et si c'était avec toi ?

Une semaine plus tard, nous partions pour trois jours à Québec. Trois jours ensemble. Jours et nuits. Trois jours, et une série de dérapages nous poussant à changer de direction.

Le premier soir, nous étions invités à une fête chez Yves, un ami d'Antoine. Il savait pour nous deux. Ses autres amis ne nous connaissaient pas et nous ont tout de suite accueillis comme un couple. Si on parlait des enfants, ils entendaient que c'était les nôtres. J'étais timide, réservée. Je ne savais plus comment me comporter. Est-ce qu'il y avait de nouvelles règles à suivre ? Est-ce qu'il fallait jouer ? Plus les heures passaient, et plus nous avions l'impression, tous les deux, d'avoir perdu une partie de l'autre. C'est pour ça que la soirée a rapidement glissé vers le précipice qui nous habitait. C'est aussi pour ça qu'Antoine m'a insultée, qu'il a renversé son verre de vin sur moi, qu'il s'est ensuite excusé comme s'il avait commis un crime, qu'il s'est retiré à la fin pour me regarder et être jaloux. Je discutais avec Yves. Je riais avec les autres. Nous n'étions plus tout à fait à nous.

— Peut-être qu'on devrait rester cachés ?

Ce n'est pas l'effet que ça lui avait fait à lui, car cette nuit-là, il m'a dit : « On peut rester ensemble. » On peut ? Est-ce qu'il voulait dire : on devrait ? on pourrait ?

Cette nuit-là je lui ai dit, moi, de ne pas me laisser m'échapper. Cette nuit-là : « Défonce-moi, fais quelque chose. » Cette nuit-là en serrant les dents : « Retiens-moi, fais-moi disparaître. »

Nous avions complètement perdu la tête et après, il a eu peur de nous. Parce que nous n'étions plus les maîtres. Et parce qu'il le savait lui aussi : rien, rien n'est jamais assez.

Le lendemain matin, il faisait très beau. Je me suis vite levée, douchée, habillée. Nous sommes sortis. Nous étions très amoureux. Et j'étais remplie de tristesse.

Puis, à la fin de l'après-midi, le téléphone a sonné, c'était Yves. Il avait envie de nous voir. La conversation n'était pas terminée.

Une heure plus tard à la brasserie :

— Comment vous faites pour que personne ne sache ?

Antoine était au téléphone avec sa femme. Je l'ai regardé, puis j'ai regardé Yves :

— On ne fait rien.

Je venais de comprendre à quel point nous représentions une menace pour les autres.

Yves nous avait annoncé qu'il avait rencontré une femme mariée.

— Ah, bon ! Est-ce qu'elle a un enfant ?

Elle en avait un. Un petit de dix-huit mois. Est-ce que j'allais me remettre à compter ? Moi, Johanne et Sophie, les amants, les femmes légitimes, les enfants ? Non, car tout avait encore changé.

— Qu'est-ce que tu vas faire ?

140

— Rien. Je laisse tomber. Dieu sait que je peux faire n'importe quoi, mais là, je laisse tomber.

— C'est mieux, c'est beaucoup mieux comme ça, j'ai dit en entourant Antoine de mes bras.

Il m'aimait. Ce soir-là, plus on parlait et plus j'avais la certitude qu'il m'aimait. Il répondait aux questions d'Yves en parlant de nous comme si, malgré lui, j'étais le seul amour de sa vie.

— Et vous deux, qu'est-ce que vous allez faire?

J'ai dit qu'après, il a eu peur de nous. J'ai dit aussi que tout avait changé. À notre retour, le surlendemain après-midi, il est entré chez moi à peine deux minutes en disant:

— Je t'embrasse et je pars. Il faut que je parte, vite.

— Pourquoi?

Depuis Sorel, il n'avait pas dit un mot de tout le trajet. Ses mains étaient toutes mouillées. Des petites gouttes de sueur brillaient sur son front.

— Il faut que je parte, vite.

Tout avait changé pour lui. Et pour moi, tout était sur le point de changer. C'était un jeudi. Les enfants étaient chez des amis, à la campagne.

Le vendredi, il est revenu:

— Tout a changé, je ne peux plus mentir. Hier, j'ai cru que si je ne m'en allais pas tout de suite, je ne pourrais plus jamais partir.

141

— Mais tu es parti.

Ensuite, à peine entré chez moi :

— Je te laisse ici.

Il fallait encore qu'il parte vite. Mais c'était plus fort que lui : il s'est mis à m'embrasser comme un enragé. J'ai essayé de m'arracher à lui, mais il m'a rattrapée. C'est là que quelque chose s'est mis à clocher en moi. Je voulais qu'il s'en aille.

Le lundi suivant, Antoine avait réussi à sortir de son angoisse. Il avait réintégré sa vie, son mensonge. Je n'ai pas pu le supporter.

Johanne continuait à me demander : « À quand ton tour ? » Sophie hochait la tête à l'autre bout de la ligne : « Il fait comme les autres, il avance, puis il recule. »

Il m'avait dit qu'il voulait être libre pour moi. Il voulait vivre avec moi. Il voulait un enfant avec moi. Pourquoi avais-je alors l'impression que tout était fini ? Pourquoi passais-je mon temps à chercher ce que j'avais bien pu perdre ?

Quelque chose clochait.

Une semaine plus tard, je lui ai tendu une lettre de rupture. Il l'a lue. Il m'a serrée dans ses bras : « C'est impossible. On ne peut pas. On ne peut pas se quitter. »

Mais on pouvait.

C'est ce soir-là que nous avons failli nous tuer en voiture. Ensuite, pendant quelque temps, nous avons tenté, chacun de notre bord, de reprendre une vie normale. Antoine avait été pris en pitié par sa femme. Elle voyait bien qu'il était ébranlé. À cause de l'accident? Quel accident?

Deux semaines de vie normale. François faisait des plans pour rénover la maison. Catherine aussi. Les choses fuyaient entre leurs doigts? Il fallait agrandir la maison. Le printemps était proche, j'avais peur, personne ne s'en doutait.

Puis, un jour, Antoine m'a rapporté tous les livres que je lui avais prêtés et peu de temps après, il est disparu de ma vie.

Sophie n'arrêtait pas de répéter: « Ça ne se peut pas, Marie, il n'a pas pu faire ça. »

Mais ça se pouvait. C'était ça, la réalité.

Comment pourrais-je le dire autrement?

Il a eu peur, puis il m'a rapporté tous mes livres.

Après, l'amour s'est échappé de lui, de nous, comme une rivière souterraine qui va se jeter dans le fleuve...

Sophie a téléphoné ce matin:

— Je l'ai revu.

— Tout va recommencer, alors? La chambre 112, les mensonges, tout?

— Mais non, Marie, on ne peut pas recommencer comme avant.

J'ai raccroché en souriant. Les enfants sont venus derrière moi en criant: «C'était qui maman? C'était qui?»

— C'était Sophie, elle va venir tout à l'heure avec les enfants.

C'est reparti.

Et moi?

Moi?

Quand je posais mes mains sur lui, je me demandais toujours ce qu'il y avait à l'intérieur de sa tête. Est-ce que je remplissais à moi seule toutes ses pensées?

Je posais mes mains sur son corps:

— Qu'y a-t-il à l'intérieur?

C'est ce qui m'appartient maintenant: une question qu'il m'avait lui-même offerte, au tout début de notre histoire, comme un bijou de famille dans un coffret.

Il m'attirait vers lui, ses yeux dans la joie, il m'embrassait:

— Qu'y a-t-il à l'intérieur de l'amour?

À PROPOS DU BONHEUR

La jeep beige arrive toujours en premier, puis la petite voiture bleue vient se stationner juste devant. Les moteurs s'arrêtent en même temps, puis l'homme sort de la petite voiture et va rejoindre la fille dans la jeep. Ils se parlent, dix, vingt, trente minutes. Tous les soirs vers cinq heures. Juste devant chez moi.

La première fois que je les ai vus, j'ai seulement remarqué qu'ils étaient là depuis assez longtemps et qu'il y avait une sorte de tension autour d'eux. Qu'est-ce qu'ils font ? Ils sont perdus ? Ils regardent un plan de la ville ? Ils ont oublié de se dire une chose importante ? J'avais aussi remarqué qu'ils ne se touchaient pas. S'ils étaient un couple illégitime, ils auraient dû se toucher. C'est dans les voitures qu'on se touche parfois le plus fort. C'est vrai qu'ils étaient juste sous ma fenêtre, en plein jour. Mais moi j'ai vu pire, bien pire. Alors c'était ça qui m'avait tout de suite frappée. Enfin, rétrospectivement, parce que sur le coup, je ne leur avais pas vraiment porté attention. J'étais allée préparer une collation dans la cuisine et en repassant devant la fenêtre du salon, je m'étais rendu compte qu'ils étaient encore là, c'est tout. Plus tard, quand j'ai vu qu'ils revenaient tous les après-midi, je me suis demandé pourquoi ils ne se touchaient jamais. Presque pas. Même si parfois il tend la main vers ses longs cheveux pour les placer derrière son oreille.

Ça dure depuis des mois. À cinq heures, ils sont là.

Ils travaillent probablement au même endroit et sur le chemin du retour à la maison, ils s'arrêtent ici pour s'embrasser. Mais ils ne se touchent pas. Ils se parlent. Il a l'air mou et indécis. Elle est dure et décidée.

Ils ne sortent aucun papier d'un porte-documents, ils ne signent pas d'acte de vente à la hâte.

Ils ne se sourient jamais.

Parfois, ils ne se disent rien et elle repart en catastrophe dans sa jeep. Il marche la tête basse jusqu'à sa voiture et repart lentement, très lentement. Il n'y a pas de siège d'enfant sur la banquette arrière.

S'ils pouvaient s'embrasser et se jeter l'un sur l'autre, je comprendrais et cesserais de les voir. Mais ce n'est pas ça. Et je les attends maintenant.

Certains après-midi, j'essaie vraiment d'en savoir plus. Je monte au deuxième étage et dans ma chambre je m'installe à la fenêtre. Je tends l'oreille, mais les mots n'arrivent pas jusqu'à moi.

Une seule fois, elle parle plus fort que d'habitude et j'entends quelque chose à propos du bonheur. Elle lui dit sûrement qu'il n'y a pas assez de bonheur. De moments joyeux. De moments ultra-lucides et légers. Elle le dit. Je l'ai déjà dit moi aussi. Il tente de la convaincre doucement. Il place ses cheveux derrière son oreille. Elle les replace comme ils étaient, par-dessus son oreille. Elle regarde droit devant et repart dans sa jeep sans lui dire au revoir.

Elle est plus forte que lui, c'est certain. Il a toujours l'air d'avoir honte.

A-t-il une femme? Il a une femme et n'ose pas lui parler. C'est incroyable, mais ici, devant chez moi, c'est à l'autre qu'il dit tout. Même ce qu'elle ne veut pas entendre. Elle se bouche les oreilles et dit: « Ne me parle plus d'elle. Ne me donne plus d'espoir. »

Et ça continue.

Puis, pendant quelque temps, je ne les revois plus.

Alors, c'est vraiment fini? Alors elle a dit le dernier mot avec son visage froid et contraint? Elle n'a pas versé une larme? Pourtant, c'est si naturel de verser des larmes dans une petite voiture. Un peu moins dans une jeep, il faut dire. Mais c'est si

147

naturel de pencher la tête et de l'appuyer sur la fenêtre, de s'apercevoir dans le miroir latéral, de penser à tant d'espoir jeté à la rue. Elle a été blessée et elle a eu hâte de rentrer chez elle.

Elle va le regretter.

Mais lui, il n'a rien fait pour la retenir.

Ils reviennent. Ces histoires-là ne finissent jamais tout à fait, n'est-ce pas ?

Maintenant, il fait chaud et ils restent en dehors de la jeep. Ils parlent. Elle donne des coups de pied sur le bord du trottoir. Je suis sûre qu'il lui demande de l'aider. Il lui dit : « Appelle-la, toi. Dis-lui de me laisser partir. » Ou pire encore : « Dis-lui de me dire de partir. » Il faiblit à vue d'œil. Elle le pousse. Elle comprend la méprise.

Un jour, elle est vraiment hors d'elle et elle donne des coups de pied sur les pneus de la petite voiture bleue. Ce qu'elle sent est si violent qu'elle pourrait démolir la voiture au complet. Il lui demande d'être patiente. Il essaie de l'empêcher de maltraiter leur amour. Elle crie : « quel amour ? » En effet, quel amour ?

Elle ne voit plus rien. Elle démarre sa jeep et part à toute vitesse.

Elle aurait pu frapper quelqu'un.

Lui. Elle aurait pu le frapper, lui.

Mais ce n'est pas encore la fin.

Une semaine après, je la revois passer en trombe dans ma rue. Elle prend à peine le temps de faire son stop avant de tourner.

Ai-je besoin d'ajouter qu'elle a eu un accident et qu'elle s'est tuée? Elle ne s'est pas tuée. Elle a tourné à toute vitesse sans faire son stop et c'est la dernière fois que je l'ai vue. Et moi, je suis allée à la cuisine pour préparer des petites entrées.

L'AVENIR DE MA SOLITUDE

Pour commencer, je n'ai rien dit.

J'ai laissé les photos sur la table à café du salon, et je n'ai pas parlé. Le seul fait de les avoir trouvées là, dans la pile de nos photographies de voyage à nous, avait fait une entaille dans le paysage. Mais nous n'avons pas compris.

Nous ne les avons pas remarquées tout de suite, d'ailleurs, trop occupés à revoir tous ces petits ports de la Nouvelle-Angleterre que nous aimions tant : Boothbay, Bar Harbor, Kennebunk... Nous regardions nos photographies à nous, une à une, nous entendions les mots voler autour, les mots qui construisent un souvenir, un sentiment de plénitude, et nous *savions* que cela continuerait à se produire, de la même façon, et pour toujours.

Voilà. Nous nous trompions.

Je disais : « Regarde celle-là. Te rappelles-tu comme les enfants avaient ri ? Regarde son chapeau!» Je disais ces mots et je me voyais passer lentement, tout lentement, à côté des événements.

Lui, il m'écoutait, mais pas trop, parce qu'il tentait de retracer la route, juste la route, avec les falaises, les plats, les creux, sans les mots.

Puis il y a eu la photo où l'on ne pouvait voir qu'un petit camion jaune dans le sable. C'est moi qui l'avais prise, celle-là, une erreur de cadrage, mais dans cette photo il y avait l'existence de cette femme seule avec ses quatre enfants qui n'arrêtait pas de répéter: «Il ne faut pas les perdre de vue, il ne faut pas les perdre de vue!» Je lui avais parlé longtemps, trop longtemps même, elle faisait des gestes courts, nerveux, mille à la fois, et toute sa vie semblait parfois se ramasser dans ce petit camion jaune, couché sur le côté, dans le sable. Nos enfants jouaient avec les siens et une chose était claire, nous ne les perdions jamais de vue.

J'ai continué à regarder les photos, mais je pensais à cette femme. Et c'est ainsi que, sans trop m'en rendre compte, je me suis retrouvée avec deux photographies inconnues entre les mains.

Au début, j'ai pensé, tiens, voilà un souvenir oublié. Mais ce n'était pas ça. Il s'agissait d'un paysage que je n'avais jamais vu, un de ceux que j'ai toujours voulu voir mais que je n'avais jamais vus.

En réalité, tout s'est passé très vite comme si quelqu'un avait inséré là un souvenir de voyage qui ne m'appartenait pas mais après lequel je courais depuis toujours. L'image était là, pour moi.

C'est pour ça que nous n'avons rien dit. Nous avons continué à regarder les autres photos en souriant. Nous avons appelé les enfants pour qu'ils les voient. Le soir s'est déroulé, comme un soir, et j'ai commencé à fabriquer des histoires dans ma tête.

Sur la première photo, il n'y avait personne. Seulement une grande route à travers des montagnes, quelque chose d'immense, de solitaire, avec un ciel gris insoutenable. Ça pouvait être n'importe où, mais je crois bien que ce ciel était un ciel du nord. On sentait le froid, présent, passé ou futur. On sentait qu'il y avait eu un silence important pendant que la personne avait pris la photo. Ce geste avait pu être fait pour ça, pour maintenir le silence, pour empêcher quelqu'un de parler.

Sur l'autre photo, il y avait une jeune femme, debout, elle était seule au milieu de la route. C'était le même ciel, mais pas la même route. Il n'y avait pas de montagnes, mais beaucoup d'arbres et au loin, à l'horizon, il pouvait y avoir une ville.

La femme regardait droit dans l'objectif. On avait pu l'empêcher de parler, mais pas de regarder, et son regard disait: «Je suis déjà partie». On sentait qu'elle n'était plus là, elle était forte parce qu'elle n'était plus là. Cela avait même pu se produire il y a longtemps, et ainsi, elle était forte parce qu'elle était toujours déjà partie.

Les deux photos étaient sur la table à café. Je ne sais pas pourquoi, mais les enfants n'y touchaient pas. La femme me ressemblait un peu, même couleur sur le visage, même contour, même façon de s'habiller. Elle regardait droit devant. Elle avait atteint une cible. Il n'y avait pas de passé derrière elle.

Pendant des jours, je continuais à composer son histoire, l'histoire de cette femme sur la route. Il y avait deux séries de photographies et je tentais de faire des liens entre les deux, entre le petit camion couché sur la plage, abandonné, vidé comme un souvenir vidé et la route où se trouvait cette femme. Autour d'elle, c'était large. Dans le petit camion, les souvenirs piétinaient. On avait peur de ne pas y être allé, on avait peur d'y avoir perdu quelque chose. Une chose pour laquelle on se battait. Une raison de vivre. Une raison de ne pas mourir.

La femme était calme. Pas moi. Il y avait bien une sorte de tristesse dans son regard, mais c'était une tristesse douce et l'homme qui avait pris la photo avait sûrement un jour compris cela. Elle lui avait dit le mot *détachement* et il avait pris cette photo d'elle sur la route. Ciel froid. Ville au loin. Il lui avait dit *voyage* et elle avait dit oui. Ils ne cherchaient rien, ils regardaient, prenaient note de ce qu'ils voyaient. C'était un voyage sans but, comme dans un grand film américain.

Les enfants venaient autour de moi et me reparlaient de notre été. Ils parlaient souvent d'une falaise que nous avions vue, c'était dans un parc national, un mont, et les falaises étaient de granit. Ils disaient que nous les avions escaladées et que d'en haut, nous avions failli tomber dans le précipice. Ils cherchaient les photos. Il n'y en avait pas. Nous avions vraiment, une fois, perdu l'équilibre.

J'avais maintenant placé toutes nos photos dans un album, à la suite des autres, et l'album traînait sur une tablette de la lingerie. Quand on ouvrait la porte pour prendre des draps ou une serviette, l'album nous voyait, il voyait l'automne, et peut-être la fin d'un sentiment, d'un désir ou d'un geste, sur notre visage. L'album nous voyait, les souvenirs nous regardaient, nous étions leur passé, et nous n'y pensions pas. Nous refermions la porte, faisions deux ou trois pas, puis nous revenions vers la lingerie pour prendre une chose oubliée. Parfois, c'était l'oubli lui-même et nous recommencions, assis par terre, à feuilleter l'album.

Mon idée n'allait jamais jusqu'au bout. J'étais embarrassée. J'étais encombrée, par le petit camion jaune, par lui, par la femme et ses quatre enfants, par mes enfants et par moi aussi.

Je me retrouvais envahie par le silence autour des deux photos. Le silence dans la maison, et le silence sur la route, autour de cette femme.

Elle était loin. Les mots, les gestes ne se rendaient plus jusqu'à elle. Ce n'était pas un désert intérieur comme on l'entend habituellement, c'était un désert souhaité, habité par une réalité que lui, l'homme, ne pouvait pas comprendre. Il avait pris la photo, parce qu'il voyait quand même le désert. Il croyait que ce qui était dans la tête de cette femme, et dans son cœur, pourrait s'y révéler.

Je fermais les yeux. Je ne bougeais plus. J'attendais qu'une seule parole sorte de ces photos, définitive, et que ma vie cesse de s'étaler derrière moi comme une ombre. Parce qu'il y avait des ombres. Et dans ce désert-là, il ne doit pas y avoir d'ombre.

Un soir, j'ai placé les deux photos à côté de celle du petit camion jaune sur la table. J'étais assise là, devant la table, et quand il est arrivé, il m'a regardée longuement, son sourire pendu dans l'escalier, puis il m'a demandé ce que je faisais là. J'ai répondu : « Je dessine l'avenir de la solitude. » C'était une réponse écrite par une de mes ombres et parce qu'il n'y avait plus rien de naturel entre nous, il s'est assis juste à côté de moi et nous avons finalement parlé des photos.

C'était facile, toutes mes réponses étaient dictées par les ombres. Il posait des questions, je répondais, la solitude persistait.

Le lendemain, quand je me suis éveillée, il ne restait que la photo du petit camion jaune sur la table. C'était un avenir incomplet pour ma solitude. Je le lui ai dit. J'ai habillé les enfants, je les ai embrassés pendant une éternité, ils sont sortis avec lui, et quand je me suis retournée, seule devant la maison, j'ai su ce qui m'attendait.

Je devais trouver cette route, ce paysage inconnu, il le fallait. Il fallait que je me perde, qu'il y ait un espace géographique inouï autour de moi, que cet espace soit le drame et que je sois comprise dans ce drame, mais d'une façon détachée, comme la femme sur la photo. Il fallait que ce soit moi, que ça m'arrive à moi, un jour ou l'autre. Je devais partir, retrouver cette route pour qu'il n'y ait plus de distinction entre le drame et le paysage, entre le paysage et moi.

J'ai pris la photographie du petit camion jaune, couché sur le côté, brisé, dans le sable, et je suis partie.

À lui, j'ai écrit ceci : « Quand je feuillette l'album de photos, je sens la vie qui respire d'une façon inquiète, toujours inquiète, toujours au bord de perdre une chose ou une autre. Il me faut perdre cette chose. »

Le reste, tout le reste, je l'ai gardé pour moi. Car j'étais sur ma route et c'était mon avenir, un avenir déjà passé. L'avenir complet de ma solitude.

LETTRES À PERSONNE

J'ai toujours senti le danger.

La première fois que j'ai aimé un homme marié, je me suis retrouvée dans un appartement somptueux où rien ne m'appartenait. Je déambulais, le jour, à travers de grandes pièces vides. Je humais le danger. La nuit, cet homme se jetait sur moi, puis il me regardait dormir et sentait son passé l'envahir. Les grandes pièces restaient vides.

J'ai quitté plusieurs appartements plus modestes que celui-là.

J'ai appris à me retirer de l'histoire pour ne rien ressentir.

Mais la force avec laquelle on peut aimer, cela revient toujours sous une forme ou une autre.

Cette fois, cette deuxième et dernière fois, beaucoup trop de paroles ont été prononcées avec allégresse.

La femme légitime a fini par chercher mon adresse et mon numéro de téléphone. J'ai attendu des jours son appel. Puis elle a stationné sa voiture devant la maison. Elle m'a vue sortir. Elle m'a vue embrasser les enfants et rentrer avec eux. Elle a noté l'heure à laquelle cela se passait. C'était une façon d'agir. Ensuite, très vite, elle a accordé son pardon. Et je me suis retrouvée toute seule au milieu du désastre.

Je le savais. Une histoire ne peut jamais finir sur une note aussi gaie. Une histoire a toujours une suite. Et pourquoi ça ne serait pas la suite de toutes les histoires?

J'ai coché les dates importantes dans un petit calendrier. Il n'y a jamais eu de vraie rupture.

J'ai écrit une lettre d'amour et de vérité. C'était un don; il a mis ce don dans sa valise de travail, il l'a laissé pendant des jours dans sa voiture parce qu'il en avait peur, et ensuite, quand il a eu un peu plus de courage, il s'est rendu compte que tout, dans la voiture, avait disparu.

Cette lettre aurait pu changer ma vie, c'est toujours ce qu'on se dit après. Mais il ne l'a pas lue et il n'a jamais non plus essayé de savoir ce qu'il y avait dedans. Elle devait contenir une révélation, car en fin de compte, à bien y penser, elle a vraiment changé ma vie.

Je me voyais maintenant envoyer tous les meubles par la fenêtre, et j'avais peur d'y passer moi aussi. Je voulais m'évader avec mon chagrin.

C'était le début de l'été, et j'ai pris rendez-vous avec une voyante.

—Je suis sûre que je vais mourir sur l'autoroute Ville-Marie, j'ai dit en entrant.

En effet, chaque fois que je passais par là en voiture, je me sentais étourdie, transportée au ciel. Un ravissement. Je prenais la courbe à toute vitesse et j'étais ravie par le ciel.

Elle a enlevé ses lunettes, elle m'a regardée, puis elle a répondu: « Quel âge avez-vous ? » Elle m'a obligée à m'asseoir, elle a dit: « Commençons par le commencement. »

—Je vais mourir sur l'autoroute Ville-Marie !

Mais elle a étendu les cartes une à une et elle a vu ma longue vie serpenter au travers. C'étaient des cartes très usées où les images étaient à moitié disparues. Elle a dit: « N'y pensez plus. Cet homme vous a profondément aimée. »

Johanne et Sophie venaient me rendre visite tour à tour avec une pizza végétarienne qui finissait presque toujours à la poubelle, en petits morceaux. Les enfants pensaient que la pizza était un effet de la séparation, du divorce. Ils n'avaient pas tout à fait tort. Mais la pizza a toujours été un élément clé de ma vie.

Certains jours, j'imaginais les choses ainsi: s'il m'appelle et me demande d'un ton coupable si je vais bien, je pourrais lui répondre: « Je suis tout à fait heureuse. » C'était une sorte de prière. Je me retournais en replaçant les pans d'une robe imaginaire: « Je suis tout à fait heureuse ! » J'étais peut-être en train de retrouver quelque chose de très

grandiose en moi. Un ricanement. Une vallée se-
crète.

Il ne m'a pas appelée.

Est-il possible que tout vienne de notre volonté
forte et inconsciente ?

Je suis sortie un soir et je me suis retrouvée sur
une terrasse devant une fille avec qui il avait eu une
aventure pendant plusieurs mois. Je ne la connaissais pas. Il ne m'en avait jamais parlé. Je me suis
précipitée dans le passé avec elle.

— Mais enfin, ce n'est pas toi qu'il trompait,
c'était elle !

Oui, d'accord.

J'ai fermé les yeux dans la courbe.

Un jour qu'il faisait très chaud, Johanne est
venue manger une pizza all-dressed avec ses enfants. Elle était de nouveau amoureuse. J'ai pensé
qu'il existait une possibilité, celle pour moi d'être
seule le reste de ma vie. Je souriais vaguement en y
pensant. Je croyais maintenant à l'amour. J'étais
aux portes d'un royaume inconnu.

Plus tard, nous avons allumé la télévision et
nous avons forcé les enfants à écouter *Maman, j'ai
raté l'avion !* pendant que la sueur nous dégoûtait
sur le front.

— Tu t'es vraiment trompée, a dit Johanne.

Il n'y avait plus rien à ajouter.

Puis j'ai reçu une lettre qui disait : « Je t'aime,
ton amour est en moi. » C'était donc avec mon

amour en lui qu'il préparait ses vacances avec l'autre. Cette lettre ne m'était pas destinée.

Je lui avais dit cette phrase: «Je ne connais qu'une seule façon d'aimer.» Il l'avait inscrite dans un fichier nommé Marie à l'intérieur de sa tête. Maintenant, il doit la ressortir au besoin.

Mon amour est en moi.

J'ai remis la lettre dans son enveloppe tout effilochée. Je croyais à cet instant précis que ce serait parfois une bonne chose de posséder une arme. Juste pour dire: «J'ai une arme.» Juste pour s'apercevoir dans l'ombre avec un fusil.

Il faisait de plus en plus chaud. Ainsi, quand mon père est venu pour réparer tout ce qui était brisé dans la maison et qu'il m'a dit: «Je vais à la mer, viens-tu?», j'ai répondu oui.

Nous avons pris deux chambres de motel.

Toute cette histoire va donc nous mener là, au bord de la mer, dans ma chambre de motel.

Nous venions de diviser et de placer la nourriture dans chacune de nos cuisinettes. Mon père avait conduit tout au long du trajet et il dormait maintenant dans sa chambre.

Marielle ne voulait pas aller tout de suite à la plage.

— Pourquoi on serait obligés d'y aller? demandait-elle comme si ma proposition était complètement déplacée.

Je sautais d'un lit à un autre en parlant de Boucle d'Or, je chantais, et les enfants me regardaient comme une maman qui n'a aucune allure.

— C'est pas normal de chanter comme ça, disait Simon en faisant une petite grimace.

Il essayait de se concentrer sur son jeu avec les poussières de l'univers, mais Marielle avait allumé la télévision. Nous nous sommes tous calés dans le même lit.

J'étais là, avec eux dans cette chambre, et j'ai cru un moment qu'il n'y aurait plus jamais rien d'autre, que je les avais enlevés. L'impression était si forte : il fallait que je les sauve d'une menace, d'un danger imminent.

Puis j'ai pensé que Marielle avait raison, que ce n'était pas obligatoire de sortir, même s'il faisait beau. Il y avait depuis longtemps un double de moi enfermé dans une chambre de motel. Rester là, étendue sur le lit à regarder un vieux film à la télévision, c'était peut-être le meilleur moyen d'oublier que le dernier homme de qui on a cru être aimée est en train de servir un cocktail à sa femme. Il n'en a jamais eu l'habitude, mais là, il lui sert cet apéro, elle est assise sur une chaise rabougrie derrière le chalet loué, elle lui sourit, tous leur amis sont là et sourient aussi parce que le bonheur est retrouvé. Au fond, il était peut-être encore en train de se noyer.

— Tu es la seule à le savoir, m'avait-il dit.

Quelle importance !

Le bonheur était retrouvé.

C'est alors que Betty Davis s'est retournée en faisant un geste brusque de la main pour amener sa

166

robe avec elle, et qu'elle a dit : « Sortez la bouteille de vieux porto. » Je me suis levée, debout sur le lit, et j'ai répété cette phrase en me regardant dans le miroir.

— Sortez la bouteille de porto !

Cette fois, c'était un pur ravissement.

NOTICE BIBLIOGRAPHIQUE

Les nouvelles suivantes ont déjà été publiées dans une version différente : « Portrait de nous devant la vitrine », dans *Qui a peur de ?...*, VLB, 1987 ; « Conversation », dans *Stop*, n⁰ 131, juillet 1993 ; « Comment vivre le soir de son anniversaire », dans *Le langage de l'amour*, Musée de la civilisation, mars 1993 ; « Les petites lumières », dans *Arcade*, n⁰ 25, automne 1992 ; « L'avenir de ma solitude », dans *Corriger les lieux, Trois*, vol. 6, n⁰ˢ 2-3, printemps 1991.

Table

Abandon

Vigilance